MELİSA KESMEZ • **Çiçeklenmeler**

MELİSA KESMEZ Eylül 1980'de İstanbul'da doğdu. Mimar Sinan Güzel Sanatlar Üniversitesi'nde Sosyoloji okudu. Yazarlık, gazetecilik ve fotoğrafçılık alanında eğitim aldı. Yazılı basında kültür sanat yazıları, söyleşileri yer aldı. Tiyatro projelerine çevirmen ve dramaturg olarak dahil oldu. *Atları Bağlayın Geceyi Burada Geçireceğiz*, *Bazen Bahar*, *Nohut Oda*, *Küçük Yuvarlak Taşlar* ve *Çiçeklenmeler* adlı beş kitabı ve *Anneanne Gezegeni* adlı bir çocuk kitabı var. *Bazen Bahar* ile 2017 Notre Dame de Sion Edebiyat Ödülü'nde Mansiyon alırken; *Nohut Oda*, 65. Sait Faik Hikâye Armağanı'na layık görüldü. Nil'in annesidir.

İletişim Yayınları 3514 • Çağdaş Türkçe Edebiyat 632
ISBN-13: 978-975-05-3788-2

1. Baskı 2025, İstanbul
2. Baskı 2025, İstanbul
3. Baskı 2025, İstanbul
4. Baskı 2025, İstanbul
5. Baskı 2025, İstanbul

EDİTÖR Kıvanç Koçak
KAPAK ve KAPAK İLLÜSTRASYONU Seda Mit
UYGULAMA Hüsnü Abbas
DÜZELTİ Merve Öztürk

BASKI Ayhan Matbaası · SERTİFİKA NO. 44870
Mahmutbey Mahallesi, 2622. Sokak, No: 6/41
Bağcılar 34218 İstanbul · Tel: 212.445 32 38

CİLT Güven Mücellit · SERTİFİKA NO. 45003
Mahmutbey Mahallesi, 2622. Sokak, No: 6
Bağcılar 34218 İstanbul · Tel: 212.445 00 04

İletişim Yayınları · SERTİFİKA NO. 40387
Cumhuriyet Caddesi, No. 36, Daire 3, Seyhan Apartmanı,
Harbiye Mahallesi, Elmadağ, Şişli 34367 İstanbul
Tel: 212.516 22 60-61-62 • Faks: 212.516 12 58
e-mail: iletisim@iletisim.com.tr • web: www.iletisim.com.tr

MELİSA KESMEZ

Çiçeklenmeler

iletişim

Tanrı'nın yarattığı ilk şey yokluktur.

THEODOROS ANGELOPOULOS
"Ulis'in Bakışı"

Kişi oluşan varlıktır:
yani, henüz yoktur ama vardır (varlıktır);
öyleyse varoluşu, her adımdaki yokluğunu
varlığa çevirme uğraşısıdır.

ORUÇ ARUOBA
Yürüme

Aşk ki zamana çekilmiş çiziktir
yazıldıkça üstüne üstüne
ölüme benzer sözcükler silinir...

İRFAN ALIŞ
"Aşk ki"

I

Başucumdaki saat 04:30'u gösteriyordu. Güneşin eli kulağında, birazdan doğacaktı. Dün bitmiş, yarın ufukta görünmüştü. Yataktan çıkabilirdim artık. Yatak odasından başka odalarda da bulunabilirdim. Nevresimlerin arasında uykuyu kovalamaktan vazgeçebilirdim. Onay çıkmıştı nihayet. Gece bitmek üzereydi çünkü. Uyumuyor olmanın sorundan sayıldığı saatlerin sonuna geliyorduk. Bir an sonra ışık her odaya doluşacak, uyuyan herkesi uyandıracak, ben de nihayet herkesten biri olacaktım.

Gece boyu benimle güreş tutmaktan bitkin düşmüş yorganımı geride bırakıp kalktım, perdeyi açtım. Sokak henüz karanlıktı. Bir kedi aradı gözüm. Yaşamın alelade şekilde sürdüğüne dair bir hatırlatma olacaktı bir kedi. Herkes gitse de bir kedi kalırdı civarda mutlaka. Hiçbir şey olmamış gibi şuracıkta oturup dünyanın ıssızlığına aldırış etmeden öylece kuyruğunu yalayabilirdi. Ne insan ne kedi vardı dışarıda. Yukarı baktım sonra, gökyüzüne. Kısa boylu apartmanımızın etrafını saran boylu poslu binaların arasından görünen gökyüzü parçasından ay geçiyordu. Ayın bir karış kadar altında, siyahtan kobalt maviye dönen, az sonra kızarmaya başlayacak, yara izine benzeyen bir çizgi vardı. Hah, dedim, işte buldum seni. Dünyanın yeni güne gebe karnındaki küçük fasulye bugün sensin. Bir saat sonra gün, benim için tam oradan yırtılır gibi doğacak.

Günü başlatan o cılız çizgiyi seviyordum. Onun, gecenin siyah kumaşına hiç beklenmedik bir ihtimali gerçekleştirir gibi incecik bir kesik atışını seviyordum. Ben tam gecenin karanlık kuyusuna düşmek üzereyken son anda yetişip bana sabahı getiriyordu çünkü. Sabah nispeten kolaydı, sabah gelince ağrı azalıyordu, taşıması zor şeylerin taşıması kolaylaşıyordu. Düşünceler içlerinden gün ışığı geçince saydamlaşıyor, hayaletler deliklerine kaçışıyor, karanlıkta türlü türlü şeye benzettiğim eşyanın odanın içine dağılan aydınlıkla bir sandalye, bir ütü masası, dolabın kapağına asılmış bir hırka olduğunu idrak ediyordum. Sabah olunca kalkıp bir kahve yapmak için bahanem oluyordu. Kahve hazırlamak beni belli bir noktaya kadar yaşamsal faaliyetlerine devam eden biri yapıyordu. Gece dağılan parçalarımı bir araya getirip sıkıca yapıştırıyordu sanki. Bir süreliğine. Bunu sağlayanın kafein değil, kahve içen biri değildim hiç, bir makinenin düğmesine basmak, orada yanan kırmızı ışığı görmek, bir şeyleri çalıştırmak, bir şeyleri fokurdatmak, kahve partiküllerinin çözünüp karıştığı sıcak suyu bir bardağa doldurmak gibi sıradan bir eylemde bulunmak olduğunu biliyordum. Kahve yapmak bana hâlâ dünyaya etki ettiğimi hatırlatıyordu. Dokunduğum bir şeyi değiştirebildiğimi, yok olmadığımı, yeryüzünden gidenin ben olmadığımı, yaşamımın sürdüğünü anlatıyordu.

Önümdeki fincandan kahvenin buğusu yükselirken, gün ışığının boyadığı mutfak griden turuncuya dönmeye başladı. Etrafımdaki her şey yavaş yavaş uyandı, yeniden bilinç kazandı, karanlığın içinde sınırları birbirine karışmış ama güneş yükseldikçe bir biçime kavuşan şeylerin ismi kondu.

Sabah, filmi en başa sardı bir kez daha. *Haydi, en baştan başlıyoruz. Bugün yeni bir gün. Yapabilirsin.*

Vahim çöküşüne rağmen insanlığı terk etmeyen serçelerin şafak korosu başladı sonra. Kuşların sabahın ilk ışıklarıyla çok uzaklardan müjdeli haber getirir gibi ötüşmelerine dair bir teorisi vardı Orhan'ın. Tekinsiz doğada geceleyin ne olup biteceği belli olmadığından, kuşlar her sabah birbirlerine geceyi atlattıklarını müjdeliyorlarmış. Öyle anlatırdı. İnanırdım ben de. İnanması güzel bir hikâyeydi. Sahiden anlattığı gibiyse, büyük bir kutlamaydı her sabah bizlere duyurulan: *Hâlâ buradayım! Bir şekilde buradayım!* Böyle mi diyordu kuşlar?

Karşımda boş bir sandalye, üzerimde dünün giysileri, masada Orhan'a yaptığım, öğlene doğru lavaboya dökeceğim kahve soğurken o koroya, geceyi atlatanların, geceyi ne yapıp ne edip bir şekilde atlatanların korosuna kulak verdim. Hâlâ buradayım. Bir şekilde. Buradayım. Bugün yeni bir gün.

Orhan gideli kırk iki gün oldu. Doktorun karın boşluğunda başka şey ararken tesadüfen bulduğu bir leke, birkaç ay içinde beyaz kumaşa damlayan mürekkep gibi her yöne doğru müthiş bir açgözlülük ve dindirilemez bir aceleyle yayılıp nihayet bedeninin sınırlarına varınca alıp götürdü onu.

Gitmesi bir kış sürdü. Upuzun bir kış. Onu toprağa verdiğimiz sabah, mezarlık bahar kokuyordu. Haftalar sonra ilk kez güneş yüzünü göstermiş, kara bulutlar şeffaflaşıp mavi göğü görünür kılmış, dünyanın renkleri geri gelmiş, sanki o an toprağın içinden dışarı doğru patlayıverecek papatyaların, müsamere evveli sahne arkasındaki 23 Nisan çocuklarınınkine benzeyen telaşlı bekleyişiyle ayaklarımızın altındaki yeryüzü titreşiyordu. Ben kocamı o büyük örtünün altına koyarken, türlü nebatat aynı örtünün altından yaşama doğru fışkırmak için bekleşiyor, ölümle yaşamın bu tuhaf karşılaşmasında Orhan'a veda için toplanan kalabalık da, kalın paltolarının içinden geçip sırtlarını ısıtan güneş ışınlarından da aldıkları cesaretle, içlerindeki ağır kederin hemen kenarında, neredeyse ilk aşkın kanımıza saldığına benzer bir coşku hissediyor, doğanın bolca neşe ihtiva eden uyanışıyla bu zorlu merasimi beklenenden hafif karşılıyor gibiydi. Mezarlıktan eve dönerken aynı arabaya bindiğimiz iki eski arkadaşı okuldaki anılarını hatırlatarak küçük çaplı bir gülüşmeye bile vesile olmuştu. O gün yakın aile üyeleri ve eski birkaç dostun katılımıyla küçük evimizde kurulan masa gece geç saatlere dek toplanmamış, uzun uzun eskiler anılmış, gözyaşları olabildiğince ertelenmiş, Orhan'ın ölümü beklenmedik şekilde cenaze evinin üzerine bilindik ağır kurşun yorganı sermemişti. Bahar, içlerimizde göğe doğru uluyarak ağlayan matemi alıp dizine oturtmuş, sakinleştirmişti. *Tamam, tamam, geçecek.*

Ölümün evimize yavaş yavaş yaklaştığı, hastalığın her gün başka bir bütünlüğünü parçalayarak Orhan'ı nihayet ufalaya ufalaya kuma dönüştürdüğü gri kış günlerinin ardından ışıklı bir bahar günü toprağa verilmesinin hafifliği, sadece mevsimlerin rastlantısı değildi bence. Orhan yaşarken de kimseye ağır gelmemiş, yeryüzünü sonsuz bir zarafetle adımlamış, bir karıncayı olsun gücendirmemiş, bolca kalp kazanmış, hastalığın iyice ilerlediği günlerde doktorun "Artmasını bekliyoruz" dediği ağrısını bile iyi huylu gülümsemesinin altına saklamış, son gününe dek bir kere olsun isyan etmemiş, yavaş yavaş ölmekte olduğu gerçeğiyle ruhlarımızı incitmemeye uğraşarak hayatındaki herkesi bu korkunç hastalıkla bizzat kendisi vasıtasıyla yüzleştirmek zorunda kalmaktan müthiş derecede mahcubiyet duymuştu. Her konuşmamızda hissediliyordu bu. Biz onu değil, o bizi teselli ediyordu sanki. "İyiyim" diyordu, "iyiyim. Siz de iyi olun." Öldüğü gün, artık cümleleri iyice kısalmıştı, aklında kalan sözleri güç bela yan yana getirip son konuşma hakkını bile benden özür dilemek için kullandı Orhan. Beyaz pikenin altında neredeyse yok olmuş, çocuk kadar kalmış bedeniyle, kendisini zorlayarak elini uzatıp, kalan bütün yaşam enerjisini bu son dokunuşa harcayıp elimin üzerine koyarak, "Özür dilerim" dedi, "böyle öldüğüm için."

Gittiği yerden baharın gelişini seyredip tatlı tatlı gülümsediğinden emin olduğunu söyledi Ayşe o akşam arkasından kurulan masada. Abisinin bunu ayarlamak için Demeter'e nefis el yazısıyla bir rica mektubu yazdığından emindi. Kış boyu süren hastalığının neticesinde, bir bahar günü toprağa verilerek bizlere şöyle demiş olmalıydı Orhan: İşte size bahar, işte dallarda tomurcuklar, arılar, karahindibalar, dönmeye devam ediyor dönmekte olan, bana olanları derhal unutup yaşamı yeniden hatırlamanız için size bir uyarı bu.

Bahara denk gelmiş, insan bazen bilemiyor hayatın kararlarını kim veriyor, sırf bu yüzden belki de denk getirilmiş bir ölüm, bizlere bir an evvel toparlanma cesareti veriyor olmalıydı. Orhan'ın gizli ajandası bize bunu söylüyordu. Böyle biriydi Orhan.

* * *

Telefon çaldı. Ayşe'ydi arayan. Abisinin sağlığında o kadar da yakın değildik ama şimdi ben yalnız kalınca, merak ediyor olmalı, iki günde bir arıyordu. Çok uzun sürmeyen bu telefon görüşmelerinde elimizden geldiğince havadan sudan konuşuyor, Orhan'dan pek bahsetmiyorduk. Ayşe konuyu açmıyor, bense yastan mürekkep bir akvaryumun içinde camdan cama yüzüp içinde yüzdüğüm şeyi kendimden ayrı göremediğim için henüz hakkında konuşamıyordum. Kapıdaki ayakkabılar bir bir eksilip, cenaze evi aniden sadece benim varlığımdan ibaret bir yere dönüştüğünden beri, o ilk birkaç günde hissetmeyi ertelediğim ne varsa başıma üşüşmüştü. Bir şeyin içindeydim, onun hakkında konuşmak, bana olan şeye anlam verebilmek için önce biraz dışına çıkmam, çıkabilmem gerekiyordu.

"Beni ne zaman istersen arayabilirsin."

"Sağ ol, Ayşe, eksik olma."

Nihayet ayaküstü sohbetin ezbere lafları tükenince hızlıca veda faslına geçiliyor, hattın kesilmesiyle ev yine eski sessizliğine gömülüyordu.

O gün de bilindik konuşmamız aktı, herkes birbirinin iyi halinden emin oldu, cümleler veda anına yaklaşırken içimden bir soru fırladı. Dünyaya doğru bir çapa. Günler süren gecenin içinde bir mum ışığı. Yeryüzünde sürüp giden yaşama bir çengel. Kıyısına vurduğum ıssız adada kumlara yazdığım "İmdat" yazısı. Bana bile duyar duymaz "İçimde var mıymış böyle bir şey sahiden?" dedirten bir hayat belirtisi.

"Ayşe, ben karavanı ne yapacağım?"

Sessizlik. Bu soruyu Ayşe de beklemiyordu. Ama arkası vardı. Barajın kapakları açılmıştı bir kere.

"Eve zaten elimi süremiyorum. Bir sandalyenin olsun, hiçbir şeyin yerini değiştiremedim daha. Öylece kaldım. Bir yerden başlamam lazım. Öyle yapmalıyım. Herkes böyle yapıyor. Değil mi?"

Devam eden sessizliğinin ardından Ayşe'nin aldığı nefesin sesi hışırdadı kulağımda, arkasından samimiyetinden bir an bile tereddüt edemeyeceğim tondaki sorusu imdadıma yetişti:

"Yardım ister misin?"

"Çok sevinirim. Bu akşam uğrar mısın işten sonra?"

Birinden o kadar uzun zamandır, belki de hiçbir zaman bir şey istememişim ki, sorarken sesim titredi çocuk gibi.

"Tabii ki. Seve seve. Çıkarken haber veririm."

* * *

Bir vasiyeti vardı Orhan'ın. Bildim bileli apartmanın önündeki otoparkta duran, yıllar var yerinden asla kıpırdamamış, o kadar ki artık tekerleklerinin altından diz boyu otlar büyümüş karavanını satışa çıkarmamı ve oradan gelecek parayla dilediğimi yapmamı istedi benden. Mesela bir tatile çıkabilirdim, "Bir tatili hak ettin", aynen böyle söyledi.

Gözlerimi kapatıp Orhan'ı nasıl hatırlıyorum diye düşündüğümde, zihnimde beliren kuşbakışı bir resim var. İkinci kattaki evimizin mutfak balkonunda çay içiyorum, aşağı bakıyorum, otoparkta kahverengi işçi tulumuyla Orhan, takım çantası kocaman bir ağız gibi açılmış yerde duruyor, sağda solda tornavidalar, İngiliz anahtarları, kerpetenler, adını bilmediğim başka şeyler; yıllardır hurda bir karavanı hayata döndürmeye çalışıyor. 1978 model bir Volkswagen T2 Camper. Bunu sonradan bir ustadan öğreneceğim.

Ölenin ardından onun kişisel eşyalarının kaderini tayin edecek yegâne kişi olmak, onun yaşamındaki noksanlığıyla baş etmek maratonunda koşması en zor kilometreymiş. Orhan'ın artık elini sürmeyeceği gözlüğüyle, masasının üzerindeki yarım kalmış romanla, ayağının izi çıkmış ev terlikleriyle, lavabonun kenarındaki tıraş takımıyla, portmantoda asılı, cebinde hâlâ mendili duran hırkasıyla baş başa kalmak gidişinin en sert tokatlarından biri oldu bana. Hayatın yıllarca bir evin içinde biriktirip durduğu bu tortuyla ne yapacaktım? İçlerinden birini çeksem hepsi üstüme devrilecek koca bir hayatın istifiydi baş etmem gereken.

Geride bıraktığı onca şeyden en azından bir tanesi konusunda Orhan'ın ipleri eline alıp, son kararı bana bırakmaması yükümü bir nebze olsun azaltmıştı. Onun ölümünden sonra yapılacaklar listemde netlik kazanmış bir madde olarak karavanı satmak bana cesaret verebilir, bir yerden başlarsam ondan kalan diğer her şeyle bir şekilde nasıl temas kuracağımın, bu büyük yığının içinden nasıl geçeceğimin bir yolunu bulabilirdim belki. Yirmi dört yıllık kocamın ardından yapmam gerekenleri sıralayıp bir yerden başlamak bu büyük yitirişi dünyevi bir dile tercüme edebilir, hâlâ yeryüzünde olduğumu, hâlâ yapabileceklerim olduğunu, bir şeylerin ucundan tutulabileceğini hatırlatabilirdi bana:

Madde 1. Karavanı sat.

Yoksa ben o limon sarısı hurdaya daha yıllarca elimi süremez, altında büyüyen otlar onu vida vida ele geçirip doğaya katana dek bekler, çürümesini seyreder, Orhan'ın bunca bağlı olduğu, hayatında bunca yer tutan bir nesneye ne olacağına karar veremezdim. Orhan demese onu hayatta başka birine vermek şöyle dursun, onu dünyanın başka bir yerinde hayal etmek aklımın ucundan bile geçmezdi.

Onunla evliliğimiz boyunca hiç tatile çıkmamış, balayını da atlamıştık. Karavanı satıp yola çıkmamı vasiyet ederken bana bir borcu olduğunu düşünmüş olmalıydı. Bense katiyen kapılmamıştım böyle bir fikre, bir kere olsun sorgulamamıştım yolculuksuz, seyahatsiz, tatilsiz hayatımızı, ne Orhan'dan ne başkasından böyle bir beklentim olmuştu. Küçük bir şehrin küçük bir mahallesinde büyümüş, annemin ölümü, arkasından babamın yeniden evlenmesi ve bu yeni evlilikte eski bir çocuğa yer olmaması hasebiyle on bir yaşındayken, yıllardır çocuğu olmayan, aynı şehrin başka bir uzak mahallesinde yaşayan teyzemle enişteme evlatlık verilmiş, dünyanın başka bir yerini görmemiş, Orhan'a kavuşmuş olmanın yeterli olduğu bir evlilik hayatını sorgusuz sualsiz sahiplenmiş, bana sunulanla kâfi derecede mutlu olmuştum. Kurallarını benim belirlemediğim bir hayatın içinde kurallarını benim belirlemediğim bir evlilikti bizimki. Ben sadece olur demiştim. Ertelenmiş kavuşmamızın sarhoş edici saadetiyle evliliğimizde belki başka bir kadının itiraz edeceği durumları kurcalamamış, önüme konanı her şeyin üzerini örten bir şükür duygusuyla kucaklamıştım.

Orhan benim genç kızlık aşkımdı. Bense onun ikinci karısıydım. Onunla evlenmek hayaldi. Hayalim gerçek olmuştu ve bu yetmişti bana.

Mahalleden komşumuzun oğluydu Orhan. Teyzemle eniştemin yanına verilip ortaokula başladığım yıl, o da aynı okulda lise sona geçmiş, otobüste karşılaştığımız bir sabah bana teyzem tarafından "Orhan abin" diye tanıştırılmıştı.

O sabahki Orhan'ı unutmam mümkün değil. Hayatı görmeye yeni başlayan canlı bakışlarını, kollarını dirseklerine kadar kıvırdığı beyaz okul gömleğini, gevşek bağladığı ince kravatını, kolunun altındaki kitapları, "Merhaba Türkan" derkenki gülümsemesini... Omzuma hafifçe dokunmuş, "Okulda sık sık görüşeceğiz o zaman" deyip otobüsün en arkasında ayakta durmak üzere yanımızdan ayrılmıştı. Yolcu kalabalığını yarıp uzaklaşırken okulun son senesinde olmanın cesaretiyle normalden biraz daha uzun bıraktığı açık kumral saçları hafifçe dalgalanmış, sıradan insanların arasından neredeyse bir kuyruklu yıldız gibi geçip gitmişti.

Bana bir şey olmuştu o gün. Beni çocukluğun tatlı, uysal, tülsü dünyasından palas pandıras çekip çıkaran bir şey. Sadece çok güzel şeylerin insanın içinde uyandıracağı bir kederle ilk o gün tanışmıştım. Geceleri yüzümü yastığa gömüp ağlarken sevinçten mi, yoksa hüzünden mi ağladığımı bilemediğim bir kendini bilmezlik gelmişti üzerime. Dizginlerini tutmakta zorlandığım yabani at gibi bir şeydim artık. Bıraksalar dünyayı koşacak haldeydim. Âşık olmuştum.

Ortalıkta sersem sepelek gezdiğim o ders yılı boyunca Orhan'ı nerede görsem nefesimi tutmam gerekmiş, olur da yanıma gelir bir şeyler sorarsa her defasında içimden dışarı doğru başını uzatıp onu öpmek, öpmek, öpmek isteyen edepsiz canavarı etkisiz hale getirmek için alakasız konular açmam gerekmişti. Günler ona denk geleceğim anlar arasında geçen bekleyişlerden ibaretti. Koridorda, kantinde, okulun kapısında, bazen otobüste, bazen çarşıda aniden yanımda bitip "Nasıl gidiyor Türkan? Dalgınsın yine" deyiveriyor, bakışlarında koşturan sarı çizgili kaplanları üstüme salıp beni tropikal bir yalnızlığın içine yolluyor, hemen arkasından içimi parça parça eden bir kayıtsızlıkla "Hoşça kal" deyip uzaklaşıveriyor, hayatına devam ediyordu. Orhan bana ne yaptığını bilmiyordu.

Lise bitince üniversite için İzmir'e gitti. Oradan dört yıl sonra Rüya'yla geri döndü. O yazın sonunda da hızlıca evlendiler. O güzellikte bir gelini ikisinin düğününe dek galiba hiçbirimiz görmemiştik. Rüya, gökten inmiş suretiyle Orhan'ın tarafımca gizliden ilan edilmiş dünya dışı varlığını layıkıyla tamamlamıştı. Bir kadınla bir erkek arasında aynı anda, aynı şiddetle büyümüş karşılıklı aşk, civarında bulunduğum evliliklerdekine hiç benzemeyen haşmetli cüssesiyle ilk defa karşıma dikilmişti. Bu neredeyse ilahî yan yanalık, düğünlerinde karnıma indirdiği bütün yumruklara rağmen beni bile büyülemiş, mahallecek film izler gibi izlediğimiz peri masalı karşısında benim de gözyaşlarım bir an sevinçten, bir an kederden akıp durmuş, müthiş bir duygu fırtınasıyla sarhoş, gecenin sonuna dek belki yedi şişe Pepsi içerek sandalyeme çivilenmiş, sadece bir kez yerimden kalkmış, damatla gelinin tebrikleri almak için masamızı ziyaret ettikleri anı iyi bir hesaplamayla bir tuvalet ziyaretine denk getirmiştim.

Kıskanmış mıydım Rüya'yı? Muhakkak. Yine de içimdeki şeytanları uyandıran, onu yırtıcı hayvanlara yem etmek isteyen, onu ateşe atmak isteyen bir kıskançlık değildi bu. Orhan'ı o kadar sevmiştim ki, onun benim onu sevdiğim kadar sevdiği birine bilenmemişti içim. Herhalde ondan.

Düğünden sonra birkaç kere çarşıda gördüm ikisini. Birinde dayanamadım takip ettim. Nasıl oluyordu, sadece bunu görmek için, iki insan nasıl oluyordu birbirini bunca severken? Aşk yakından neye benziyordu? Rüya'nın menekşe rengi elbisesini dün gibi hatırlıyorum. Ekim güneşinde şeffaflaşan sarı saçlarını. Orhan'ın üstten iki düğmesi açık ekose gömleğini. Seyrek sakalını. Rüya'nın beline sarılmış kemikli elini. Yan yana yürümelerini, Rüya'nın neşeyle bir şey anlatırken bir anda dönüp Orhan'a bakışını ve birlikte gülmelerini. Nasıldı iki kişi olmak? Sen birini çok seviyorken onun da seni o kadar sevmesi neye benziyordu?

* * *

Ayşe gelmeden evi biraz toparlamaya karar verdim. Bir süre önce sakinlerinden birini kaybetmiş ev bu noksanlığın öyle farkında değildi ki, birazdan arka odadan Orhan'ın öksürüğünü duysam hiç şaşırmayacağım, Orhan'ın terliklerinin koridorda yaklaşan sesini dünyanın en normal hadisesi gibi karşılayacağım. "Kahve yapacağım, sana da çay yapayım mı, ister misin?" diyecek sanki birazdan, başını oturma odasının kapısından uzatıp, gözlükleri burnunun ucunda duracak muhakkak o sırada, tam geri dönmüş giderken, hatırlayacak, "Akşama doğru çarşıya yürürüz istersen, küçük tuvaletin ampulü patlamış, almak lazım."

Odasında yaşayan bir adamdı Orhan. Arka odayı kendince düzenlemiş, kendine ev içinde ev açmış, yıllar içinde yavaş yavaş oraya taşınmıştı. Başlarda sadece akşamları çekildiği odasından emekli olduktan sonra pek çıkmaz oldu. Evi ta en başından sessiz bir anlaşmayla paylaşmıştık. Ben sokağa bakan oturma odasında oturuyordum, o ise evin arkadaki bahçeye bakan küçük odasında günlerini türlü küçük ev aletlerini tamir etmeye uğraşarak geçiriyordu. Bazısı işler hale geliyor, bazısı artık iyileşme şansı olmasa da asla çöpe atılmıyor, mutlaka yeni bir kablo, yeni bir vida gerektiriyor, onun küçük dünyasında hiçbir şeyden umut kesilmiyordu, tadilat bir türlü bitmiyordu.

Orhan'la birbirine uzun bir koridorla bağlanmış iki dost gezegende yirmi dört yıl geçirdik. Ziyaretlerimiz de olurdu, olmaz değil, ben bazen kahve yapar kapısını çalar, o bazen okuduğu bir kitaptan çok etkilendiği bir paragrafı bana da okumak için parmağını arasına kıstırdığı kitapla oturma odasına koşardı. Ayırsan ayıramazsın, bağlasan bağlayamazsın bir evdi bizimki. İtinayla koruduğumuz sınırlar çerçevesinde, kavgasız gürültüsüz, barışık geçti yıllar.

"Bu Orhan'ın değil mi?" diye sordu Ayşe, koltuğa oturur oturmaz sehpadaki gözlüğünü gösterip.

"Öyle."

Gözlüğü eline aldı, evirip çevirdi, "Öylece gidiverdiğine inanamıyorum. Her sabah uyanıp bir kere daha şaşırıyorum öldüğüne. Kabul etmek çok zor. Perişanım" durdu, gözlüğü sehpaya geri bıraktı, daha önce hiç bakmadığı bir yüzle yüzüme baktı, görünmez bir köprü uzandı o an aramızda, "Ama giden senin evinden gitti, Türkan. Biliyorum, senin hayatın bizimkinden daha çok eksildi. Bizim evlerimiz değişmedi, duruyor öylece, seninse evin bozuldu, düzenin bozuldu. Kim bilir nasıl bir şey bu, çok zor olmalı."

"Pek bozulmadı gördüğün gibi" dedim, gözleri doldu gülümserken dediğime, "her şey yerli yerinde duruyor. Bir tek Orhan eksik."

"Gidip birkaç koli bulayım, ister misin? Başlayalım mı bir yerden?"

Evimi bozacaktım. Ayşe'nin dediği şey gerçekti. Evi bozup belki kalanlarla baştan yeniden yapacaktım. Nasıl olacaktı bütün bunlar? Nereden başlayacaktım? Başlayabilecek miydim?

"Bugün değil. Bugün girişmeyelim bu işe, olur mu?"

"Tamam, nasıl istersen. Sen ne zaman dersen."

Kısa bir sessizliğin ardından daha baş edilebilir bir konu açtım. Ayşe'yi çağırmamın asıl sebebi buydu zaten.

"Bir karavan nasıl satılır, Ayşe? Kim alır böyle bir şeyi?"

"İlan verilir herhalde. Önce bilen birine danışalım istersen."

"İyi olur. Hayatımda içine girip oturmuş değilim. Nasıl bir şey onu bile bilmiyorum."

"Hiç bakmadın mı girip?"

"Orhan'ın işlerine burnumu sokmazdım pek."

"Abim amma çok uğraştı o karavanla. Bir şeye takınca kendisini nasıl kaybederdi... Yılların emeği var."

"Ömrü yetmedi yola çıkarmaya."

Bu söylediğimden emin değildim. Ayşe de değildi.

"Sence çıkacak mıydı yani bir gün o yola? Abim pek yol insanı değildi ya. Ben onu hiçbir yere giderken görmedim. Okumaya İzmir'e gitti bir tek. Okul biter bitmez de koşarak geri geldi."

"Evet. Tam bir ev kedisiydi."

"Yabani bir ev kedisi ama. Şu kucağa gelip kendisini sevdirenlerden değil."

"Hiç değil."

"Odasından çıkmıyordu ki" durdu, sorsa mı sormasa mı emin olamadı, her şeyi duymaya hazır olduğumu belli edince sordu. "Ya odadakiler? Onları ne yapacaksın?"

Konu ne kadar istemesem de dönüp dolaşıp aynı yere yuvarlanıyordu. Orhan'ın eşyaları evin her yerinde öylece durdukça başka bir şey düşünmek, başka bir şey konuşmak mümkün değildi. Düşündükçe evden çıkarmam gerekenler yığını büyüyor, büyüyor, büyüyordu. Altında kalmak işten değildi.

"Hiç bilmiyorum. Onca yayıntı; bin çeşit küçük ev eşyası, nuh nebiden kalma saç kurutma makineleri, ütüler, kutu kutu televizyon kumandası, plaklar, eski dergiler, gazeteler. Neler yok ki o odada."

"Bit pazarlarını severdi, yalan değil."

"'Çöpçüydü' demek arkasından kötü konuşmak olur, haklısın. İnsan biriktirirken biraz da kendinden sonrakileri düşünmeli ama."

"Doğru. Eminim seni bir de böyle üzmek istemezdi."

"Biraz hava alacağım izninle."

Balkona çıktım. Nefis bir bahar akşamı vardı dışarıda. Sırtına bir hırka alıp gezinmelik tam, dönüşte dondurma da alırsın, sallana sallana gelirsin eve. Öyle bir hafiflik. Karavan, otopark lambasının konik aydınlığında öylece bırakıldığı gibi duruyordu. Orhansız haliyle hiçbir hayat belirtisi barındırmayan, sıradan bir motorlu araçtı şimdi. Yaşam onun içinden de çekilmiş gibiydi. Tamir edilse de olurdu edilmese de. Artık uğraşanı yoktu, kimse ondan bir şey beklemiyordu. Sahipsizdi. Gözden çıkarılmaya hazırdı. Orhan'ın vasiyetini yerine getirecektim. Karavanı satıp oradan gelen parayla bir yerlere gitmek iyi gelecekti bana. Nereye giderim, nasıl giderim? Olduğum yerden başka bir yere gitme tecrübem yoktu, hiç gitmemiştim, niyet bile etmemiştim bir yere gitmeye ama bulurdum bir yol herhalde. Bir pansiyon, deniz kıyısında bir motel ayarlar, çıkardım yola, öyle yapıyordu ya herkes, bir otobüse, hatta belki bir uçağa bakardı. Benim çıkmam gerekiyordu bu evden. Geçmesini bekleyerek olmayacaktı bu iş.

Ayşe balkona yanıma geldi. Benimle birlikte karavanı seyretti bir süre. Elini omzuma koydu sonra. Temas becerisi olan biri değildim hiç. Birine dokunmak kolay bir şey değildi benim için. Ayşe'yle de daha önce böyle bir yakınlığımız olmamıştı. Ne yapacağımı bilemedim önce. Baskısını en çok kaskatı omuzlarımda hissettiğim bir kaçma isteği duydum, bir an sonra bıraktım kendimi, omuzlarımı saldım, içimde aniden uyanıveren, hiç alışık olmadığım bir yoldaşlık duygusuna yenik düştüm. Ayşe'nin sanki kuştan yapılmış elinin hafif ağırlığının altında gevşediğimi fark ettim. Bu, bir geminin iskeleden uzaklaşmasın diye ne zamandır sımsıkı tuttuğum halatını bırakmak gibi bir şeydi, omuzlarım aşağı doğru erirken gözyaşlarımı tutamadım.

"Özür dilerim, Ayşe, seni de üzüyorum durduk yere."

"Deme öyle. Ne olur. Dur, bir bardak su getireyim ben sana."

Bana tek başıma biraz gözyaşı dökme şansı tanıyıp ne zaman sonra elinde bardakla geri döndü. Yanıma oturdu.

"Onu hâlâ şuracıkta çalışırken görebiliyorum, biliyor musun? O kadar uzun sürmüş bir hatıra ki bu, ben burada, balkonda çay içiyorum, Orhan aşağıda tulumunu giymiş, karavanın başında. Geçmişin sonsuz aynasında kendisini milyonlarca defa kopyalamış bir an. Artık bitti. Bir tekrarı daha yok. Bu kadarmış."

"Uyuyabiliyor musun?" diye sordu.

"Hayır. Ben uyumak istiyorum ama uyku beni istemiyor. Çok mu belli oluyor peki?"

"Çok değil. Biraz..."

"Artık yaşlanıyorum. Yalan yok. Yüzümde gördüğün şeyin birazı uykusuzluk, evet, ama birazı da artık yıllar galiba. Elliye merdiven dayadım bu yıl. Az değil."

"Daha bir şey değil. Uyuyunca geçer." Elimi tutup, yavaşça sıktı. "Gideyim mi ben artık? Sen de uyumayı dene biraz, olur mu? Yarın ben alım satımdan da anlayan bir usta bulup sana haber vereceğim. Bir gelir, bakar karavana, nedir, ne değildir, öğreniriz. Merak etme sen."

"Yanında koli getirme ama, tamam mı?"

"Sen nasıl istersen. Burası senin evin. Karar senin. Sen kendini ne zaman hazır hissedersen."

Ayşe gidince ev yeniden sessizliğe gömüldü. Uyumak hayaliyle yatağa uzandım. İki kişilik yatağın pencereye yakın tarafı benimdi. Orhan pek bu odada uyumadığı için onun tarafı diye bir taraf galiba zaten yoktu. Başlarda benim yanımda uyumayı denedi. Denemedi değil. Ama sabah uyandığımda yanımda olmazdı pek. "Uyku tutmadı, kalktım" derdi. Sonra yavaş yavaş benden geç yatmaya, yatağa gelmemeye başladı. Geç saatlere kadar çalıştığı odasının ışığı sabaha karşı söner, "Yatakta dönüp duruyorum, seni de uyandırıyorum" mazeretiyle odasındaki üçlü koltuğa, sırtına bir battaniye alıp, kıvrılırdı. Yıllar var böyleydi uyku düzenimiz. Ben yatmadan evvel mutlaka yanına uğrar, ona kısacık da olsa bir iyi geceler demeden bitirmezdim günü. O da kapıda beni görünce işine ara verir, ikimiz ayaküstü günün olaylarını konuşur, bazı mühim haberleri paylaşır, fikir alışverişinde bulunur, alınması gereken birtakım kararları bu uyku öncesi ziyaretlerde alırdık.

Orhan benim ailemdeki erkeklere kıyasla müzakereci biriydi, öyle yetiştirilmişti. Bana danışmadan, rızamı almadan kafasına göre kararlar almaz, her şeyi muhakkak masaya yatırır, fikrimi sormadan hareket etmezdi.

Bazı geceler konuşmalarımız uzar, genişler, laf lafı açar, kapıdan uğramış olmam yetmez o zaman Orhan'ın da davetiyle masasının hemen önünde duran yavruağzı berjere oturmam icap ederdi. Orhan konudan konuya çengel ata ata o kadar uzak yerlerden öyle cazip hikâyeler getirirdi ki, konuşurken heyecanla sesinde çatlayan, gözünde parlayan duygular beni de sarar, masa lambasından yayılan ışık halkasının gittikçe genişleyip bizi kuşattığını, zamanın akmadığı bu anlarda camdan bir kürenin içinde baş başa kaldığımızı hissederdim. Ekseriyetle birbirine karşıdan bakan iki uzak insanken birden Orhan'la yan yana geldiğimize, hemhal olduğumuza inanır, göğüs kafesim genişler, mutluluktan ağlayacak gibi olurdum. O vakit onun anlattığı şeye artık kulak veremez, artık bilmediğim bir dil gibi yankılanan güzelim Türkçesinin kalbinin merkezine doğru bu nadir anlarda tek tek açtığı odalarda kendi kendime dolanır, onu neredeyse tanıdığımı, onunla sonunda tanış olduğumuzu düşünürdüm. Sırf kendisiyle paylaştığı bir dünyası vardı, kendi alanı, geçirgen de olsa sınırları, evet, vardı bunların hepsi, ama ortak dünyamızı hiçe sayan bir sırtını dönmüşlük değildi bu. Aramızdaki sisin kalktığı o bazı gecelerde bunu derinden hissederdim.

Bazen anlattığı hikâyeye ara verip bir şey düşünürken gözlerime öyle yakın bir bakışla bakardı ki, elimden başkası gelmez, onun da beni sevdiğini düşünürdüm. Galiba, derdim, galiba, orada, çok derinde bir yerde, beni içeri almadığı, bana göstermediği bir odada, Orhan'ın benim için de yaktığı bir mum var. Sanki birazdan koltuğundan kalkıp masanın öbür tarafına, benim tarafıma geçecek, yanıma gelecek. Sanki o gece gelip benimle uyuyacak, gel desem, diyebilsem mesela, masadaki lambayı kapatıp, benimle koridoru iki sivri tepeyi bağlayan bir asma köprüyü geçer gibi el ele geçip, evin ben tarafına, yatağa gelecek. Gel desem. Sanki...

* * *

Ayşe ertesi gün yanında bir ustayla apartmanın kapısında belirdiğinde gün akşama varıyordu. Gece yine uyumamıştım. Aralarda sinir sistemim isyan edip kendisini kapatmış, uyumaktan çok dalıp çıkmak diyebileceğim kısa süreli ateşkeslerle sabahı etmiştim.

Karavanın anahtarını bulup aşağı indim. Adam karavanı görünce çok şaşırmıştı. Eski bir araç göreceğinden emindi ama bu kadarını beklemediğini itiraf etti. Elini karavanın tozlu kaportasına koyup "Gençliğinizde epey gezdiniz herhalde" dedi.

"Gezmedik, kocamın hayaliydi... Yani sanırım öyleydi..." dedim, bu kadar detay vermekten rahatsız olup sustum.

"Hiç yola çıkmadı mı yani?"

"Çıkmadı. Yıllarca hazırlandı diyelim, ama kısmet olmadı."

Ben böyle deyince Ayşe güldü. Önce utandı güldüğü için, benim de aynı anda güldüğümü görünce rahatladı.

Adam anahtarı isteyip içeri girdi. O içeriye bakarken Ayşe'yle göz teması kurmadan dışarıda sessizce bekleştik.

Derken yandaki pencerelerden biri açıldı, adam daracık aralıktan başını dışarı uzatıp, "Yazık olmuş. Ne güzel gezilirmiş bununla. Her detayı düşünmüş. Eşin çok emek vermiş, abla" dedi.

Dışarı, yanımıza geldi.

"Satmak istediğinize emin misiniz?"

"Değil miyiz?" der gibi baktım Ayşe'ye. Bu soruyu beklemiyordum. Bu olasılık gelmemişti aklıma. Ne yapacaktım ki karavanı satmayıp?

"E, istiyorum, evet. Ne yapacağım ki başka?"

"Yani... İnsanın başına bir ihtimal dert olabilir yollarda ama çok var bunlarla dolaşan."

"Gider mi ki bu?"

"Gitmez mi, gider tabii. Bir tur atıp bakalım mı?"

Yeniden içeri girdi. Ayşe'yle kenara çekilip yine beklemeye koyulduk.

Hayatımın ortasında o kadar uzun yıllar boyunca hiç kıpırdamadan durmuştu ki bu karavan, bunu hiç düşünmemiştim. Yani gidebileceğini. Nedense birinin onu çalıştırıp yerinden çıkaracağı gelmemişti aklıma. Gitmeden nasıl satacaktım ki onu? Gidecekti ya sahi. Bir gün balkondan baktığımda o da orada olmayacaktı artık.

Bir an sonra usta kontağı çevirince önce motoru öksürerek çalışmaya başladı, birkaç derin öksürükten sonra ciğeri açılmış gibi sakinleşti, sesi belli bir düzene kavuştu. Derken bir kayığın iskeleden ayrılmasına benzer bir yavaşlıkla suyun üstünde kayar gibi hareket etti. Orhan'ın limon sarısı eski dostu yüzyıllık uykusundan uyanıp park edildiği yeri geride bırakınca, altında büyümüş küçük bir orman açığa çıktı. Tabiatın boşlukları doldurmak konusundaki pervasızlığına bir kez daha şaşırdım.

Usta, karavanla otoparktan çıktı, burnunu sokağa doğru verip yavaş yavaş uzaklaştı. Gözden kayboldu. Ayşe'ye baktım.

"Dönecek değil mi?"

Ayşe güldü. "Satmak istiyor musun sen bu karavanı?"

"Tabii canım!"

Derken motor sesi yeniden duyulur oldu. Peşine karavan sevimli sarı suratıyla sokağın ucunda belirdi, bana gülümsüyor olabilir miydi sahiden, geldi, tam önümüzde durdu. Ustanın da yüzü gülüyordu. Herkes halinden memnundu.

Camı açıp dışarı seslendi:

"Vallahi sesi de güzel! Tıkır tıkır çalışıyor. Hiç beklemiyordum bu kadarını."

İnip bu defa arka tarafa dolandı, motor kapağını açtı, biraz kurcaladı.

"Tertemiz. Kolay satarız bunu. Eşin sahiden anlıyormuş bu işten abla, çok iyi bakmış. Gider bu, kolay kolay kalmaz yolda" dedi.

Ayşe'yle yine hayretle birbirimize baktık. Orhan'ın karavana harcadığı zamanın, muazzam çabasının farkındaydık, yıllarını bu işe adadığına yakından şahit olmuştuk. Ne var ki bizim durduğumuz yerden bakınca, Orhan sanki bir türlü olmayan bir şeyi oldurmaya çalışıyor ama ne yapsa başaramıyor, bunu da artık o kadar önemsemiyor, galiba neredeyse bu yıllara yayılmış tamirat işi de bitsin istemiyor, karavanla odasında eşeleyip durduğu küçük ev aletleriyle kurduğuna benzer bir ilişki kuruyor, başta bir iyileştirme gayesi olsa da buna çok da itimat etmeden sadece oyalanıyordu. Bize görünen buydu, fazlası değil. Şimdi ustadan karavanın gayet iyi durumda olduğunu, hatta yola çıkmaya uygun olduğunu, yani hurda olmadığını duymak ikimizi de hayrete düşürmüştü. Dört tekerlekli bir aracın yolculuk etme ihtimaline bu kadar inanmıyor oluşumuz garipti.

"Eğer gerçekten satmaya kararlıysanız ben bir ilan koyarım. Çok duracağını sanmam, mevsimi de geldi. Uygun bir fiyatla bir aya çıkartırsınız elinizden, bunların meraklısı çok" dedi.

"Çok iyi olur" dedim, "madem meraklısı çok, bir an evvel onunla yollara çıkacak yeni sahibini bulalım. Yazık, çürüyüp gidecek burada."

"Sandığımdan kolay olacak" dedim dönüp Ayşe'ye, adam gidince, "içim rahat. Orhan'a verdiğim sözü tutuyorum."

Bilakis hiç kolay olmayacaktı. İçim rahat değildi. Doğru değildi söylediğim. İnsan bazen kendisini ikna etmek için laflar uyduruyor.

"Acele etmeyebiliriz" dedi Ayşe bana bakıp, kafamda dolaşan tilkileri görür gibi.

"Yok, yok, sahiden hazırım. Kararım kesin."

O gece yatakta uzanmış yatarken bir şey dürttü, doğruldum. Kısa bir an evi dinledim. Buzdolabı uğulduyor, duvarların arkasındaki boruların içinde başkalarının suları geziyor, komşu bir dairede bir kadın heyecanlı heyecanlı bir şeyler anlatıyor, anlattıklarına bir erkek gülüyordu. Sabaha epey vardı. Kalkıp Orhan'ın odasına gittim. Ayaklarım beni Orhan'ın odasına götürdü demek daha doğru olur.

Kapıdan girer girmez masa lambasını açtım. Masada kalemleri, not kâğıtları. Son okuduğu roman. Her şey aynen bıraktığı gibi duruyor. Yerde üst üste dizili kitaplar, ajandalar. Pikapta takılı plağa ilişti gözüm. İlhan İrem. "Yazık Oldu Yarınlara." En son bunu mu dinlemiş sahi? Kim bilir ne zaman.

Orhan büyük bir İlhan İrem hayranıydı. Her zaman değil ama bazı gecelerde, tek başına arka arkaya İlhan İrem plakları çalardı. Ben de severdim o şarkıları, kendi kendime açıp dinlemişliğim yoktu ama... Uzaktan dinlerdim. Koridorun sonundan yayılan müzik, evi başka bir yere dönüştürürdü.

Gecenin bu vakti odaya çağıracağı bütün hayaletleri tahayyül edebildiğim halde cesaretimi toplayıp pikabı çalıştırdım. İğne vinile değer değmez, Tanrı'nın parmak ucunun insanın parmak ucuna değmesine benzer bir şey olmalı ki bu, müziğin sesi biraz önce siyah beyaz olduğuna yemin edebileceğim odaya renklerini geri getirdi, üzerinde hastalığın gezindiği her yüzey soluk alıp vermeye başladı, renkler durmadı yerinde, şarkı aktıkça onlar da akıp kapının dışına taştı, koridorun mermer zemininde süzülerek, eve yayıldı. Ocağın üzerinde epeydir kimsenin elini sürmediği tozlu çaydanlığın fokurtusunu işittim, tavadaki sucuklu yumurtanın önce cızırtısı, hemen sonra kokusu gezdi evi, Orhan'ın sesini duydum peşine, *Kahvaltı hazır, Türkan, koyuyorum çayları.*

Mutfak masası, odasının dışında buluştuğumuz tek yerdi. Anakaramızdı. Herkes sabahları kendi uzak adasından bir kayığa biner, mutfağa doğru usulca kürek çekerdi. Kahvaltıyı önemserdi Orhan. Başka öğün için masaya oturmaz ama her sabah benden önce kalkıp, o sofrayı mutlaka kurardı. Mutfaktan gelen çağrısıyla handiyse dondurmacıya koşan çocuk gibi koşardım o masaya.

Ben masadayım, Orhan duştan sonra elleriyle geriye yatırdığı ıslak saçları ve ütülü gömleğiyle bardağıma çay dolduruyor. Beyaz sabun kokuyor, yüzüme bakıyor bir an, "Güzel uyudun mu?" diye soruyor, sonra tezgâha dönüyor, ben onun gömleğinin içindeki güzel sırtını seyrediyorum, rüyamı anlatıyorum. Orhan dikkatle dinliyor, çaydanlığı ocağa bırakıp geri gelirken, "Ne zengin bir hayal âlemin var senin, Türkan" diyor, "nereden buluyorsun bunca detayı, yazar olmalıydın."

Pencerenin dışından bizi görenin ikimizi dünyanın en mutlu ailesi sanacağı o kahvaltı anlarını içime çekmek isterdim, hiç bitmesin, Orhan bardağındaki son yudumu içip, sandalyesinden kalkıp, kayığına binip, kendi adasına doğru koridorda yavaş yavaş uzaklaşmasın, bardaklar hep yeniden dolsun, altı hiç kapanmasın çayın.

Ben bütün bunlarla, senden kalan bunca şeyle, bunların hepsiyle ne yapacağım?

Bir anda ayağa fırladım, şarkının bitmesini beklemeden plağı pikaptan aldım, zarfına koydum, kaldırdım. Sönen müzikle sessiz, renksiz, kokusuz ama bu sayede içinde durması biraz olsun kolaylaşan odaya geri döndüm. Kendime kızdım. Ne gerek vardı böyle bir şeye! Kendimi gündelik bir şeyler düşünmeye zorladım. Kafamda bir liste yapmaya koyuldum. Karavanı sattıktan sonra bu odayı da elden geçirmek iyi olacaktı. Şu kitaplardan başlamalı belki. Onları Orhan kadar olmasa da en azından benden daha fazla önemseyip kendi kütüphanesine katmak isteyen birileri olacaktır. Sağda solda tamir bekleyen ıvır zıvırın kaderi ne yazık ki eskici arabasından başkası değil. Orhan'ın bu konuda beni anlayacağını düşünüyorum. Pikabı tutabilirim. Salona taşırım. Bazı plakları sevdiğimi hatırlıyorum. İlhan İremler kalmasa iyi olur. Onları derhal evden uzaklaştırmam şart. Çalışma masası kalsın, iş görür. Berjeri de vermek isterim herhalde, çok eskidi, zaten kim oturacak ona bir daha.

Bu berjer Rüya'dan yadigârdı. Evde ondan kalan yegâne şey. Bunu konuşmamıştık Orhan'la. Yani evimizde Rüya'dan bir yadigâr kalmasını. Evlenme kararı aldığımız vakit Orhan'la Rüya'nın ortak hayatından kalan ne varsa elden çıkarmış, evi yeni baştan düzmüştük. Bu, ikimize de o an yapılacak en doğru şey gibi gelmişti. Sadece bu koltuk her nasılsa o her şeyin; sandalyelerin, halıların, su bardaklarının, eski fotoğrafların, yastık kılıflarının bile bir süre havada uçuştuğu büyük eşya kasırgasından sağ kurtulmuş, odanın birinde kıyıya vurmuş bir gemi kalıntısı gibi kalakalmıştı.

Başlarda ne ben ona elimi sürebildim ne de o bana ilişebildi. Orhan da bir kez olsun hakkında bir şey söylemedi. Evin içinde uzun süre yeri değişti. Önce salonda durmayı denedi, orada bir süre pencerenin önünü bekledi, baktık orası olmadı, televizyonun yanına geldi, bir ara elden çıkarsak mı acaba diye düşünmüş olmalıyız, o da pek dillendirilemeyince nihayet bir gün koridoru geçip Orhan'ın odasında kendisine bir yer buldu. Yerini de sevdi belli ki, bir daha oradan kıpırdamadı. Zamanla hayatımıza dahil olup evin bir parçasına dönüştü. Bir zamanlar Rüya'ya ait olduğu bilgisi de galiba yıllar içinde eskidi, haber değerini yitirdi. Koltuğun başka bir dünyanın, başka bir evliliğin, başka bir devrin mobilyası olduğu unutuldu.

Çalışma masasının bu tarafında Rüya'dan kalan, yıllar içinde canlı rengini yitirmiş, kolçakları yenmiş yavruağzı berjer. Karşısında, masanın arkasında, berjere dönük şekilde, Orhan'ın birkaç yıl önce bitpazarında görüp odası için uzun zamandır aradığı şey olduğundan emin şekilde derhal satın aldığı, derisi yer yer soyulmuş, antika makam koltuğu. Hayatın yan yana dizdiği şeyler bazen rastlantısal, bunu kabul edebilirim ama bazen de öyle bir ince planlama, öyle hassas bir ayarlama yapıyor ki kozmos, sanki birisi posta kutuna, "Bir dost" imzalı bir mektup bırakıyor. Öyle sihirli bir uyandırma servisi. İnsan bir gün aniden bir şeyin farkına varıyor...

Hiç hesapta olmayan bu duyguyla irkildim. Ayağa kalktım, emin olmak istedim, kapıya gidip odaya bu defa karşıdan baktım, masaya ve iki kenarını bekleyen, karşılıklı konuşlandırılmış, hasbihal eder gibi yüz yüze oturmuş koltuklara. Odadaki eşyanın yıllardır muhafaza edilmiş düzeni bana şimdi yeni bir resim sunuyordu. Birinin sohbetini bölmüşüm, birileri tatlı tatlı konuşurken tatsız bir haberle araya girmişim gibi bir şey vardı odada şimdi. Benim burada ne işim var gibi bir şey. Minderlerin arasına, zorlamadan açılmayan en alt çekmecelere, halının altına, tozlu kitapların içine saklanmış, belki de bile isteye gizlenmiş bir şey. Bunca zaman gözüme ilişmemiş de şimdi, oda insandan eksilince bana kendisini açık etmiş, göstermek istemişti. Evimin içinde bana aniden görünen bu başka ev başımı döndürdü, bayılacak gibi oldum. Koştum, masa lambasını kapattım, kapıyı arkamdan çekip kendimi nefes nefese koridora attım.

Yer sanki ayaklarımın altından kayıyordu. Oracığa çöküp sırtım duvarda gözlerimi kapadım. Kafamın içinde başka bir yerdeyim şimdi. Beni bir odaya yatırıyorlar. Başkası kokan bir yatağa, yabancı nevresimin kumaşı tenime iğneler batırıyor. Teyzemle eniştemin evinde geçirdiğim ilk gece bu. Babamın beni bir bahar akşamı arabayla getirip büyücek bir valizle bıraktığı evde ilk gecem. Gece uykudan ateşler içinde uyanıyorum. Alev alev yanarken, odada insanlar dolanıyor, her birinin yüzünde annemi arıyorum, hiçbiri o değil, "Anne, anne!" diye sayıklıyorum. Teyzem ağlıyor. Eniştemin sesini duyuyorum sonra, "Alışacak" diyor, çocuklar her şeye alışır. Buradan gitmem lazım. Eve dönmek istiyorum. "Senin evin burası artık" diyor biri. Hayır, hayır, burası benim evim değil. Eve dönmek istiyorum ben. Anne neredesin?

Ayağa kalktım. *Bunu yapabilirim. Bunu yapabilirim.* Karavanın anahtarını buldum. Sokak kapısını açıp koşar adım aşağı indim. Otoparkta beni bekliyordu. Yüzünde aynı gülümseme. İçeri çağırıyordu beni. *Gel. İçeri gir.* Kapısını açıp, içeri girdim. Kapanan kapının çıt sesiyle dünya, her şey, üzerimde tepinen ne varsa, altımdan kayan ne varsa, bana dişlerini gösteren bütün yırtıcılar, bütün kâbuslar, ateşli hastalıklar, hastaneler, kuvözler, yoğun bakım odaları, hastane koridorları ve dahi ev koridorları, eski koltuklar, fokurdamayan tozlu çaydanlıklar, bozuk küçük ev aletleri, hüzünlü şarkılar, ne varsa, ne varsa hepsi dışarıda kaldı.

O gece çok yağmur yağdı. Damlalar karavanın tepesinde tıpırdarken oturdum, oturdum, oturdum. Oturdum ve düşündüm. Nihayet bir an geldi, kapandı gözlerim. Uyku beni yumuşacık tuttu, karavanın koltuğuna yatırdı, üzerime ince bir battaniye örttü.

Rüyamda annemi gördüm. Bir tülbentle bağlayıp evcilleştirdiği uzun, upuzun saçlarıyla evimizin önündeki basamaklara oturmuş patates soyuyor, patates kızartacakmış bana öğlen, üstüm başım toz, koşturuyorum sokakta, anneme bakıyorum dönüp, hamile, kardeşim gelecek altı ay sonra, bir kız kardeş diliyorum hep, gülüyor o zaman, "İnşallah" diyor, "otur, azıcık nefeslen" diye sesleniyor, çocuk ayaklarım durmuyor, terliklerin içinde kirden rengi görünmüyor parmaklarımın, kırmızı havlu şortumun altında cılız bacaklarım koşuyor, koşuyor, çemberler çiziyor evin önünde. Sonra bir bakıyorum, annem yok, basamaklar boş, telaşlanıyorum. Gitti mi yoksa? O kadar korkuyorum ki, ağlamaya başlıyorum. Anne! Anne! Anne neredesin! Sonra patates kızartmasının kokusu geliyor burnuma. Tuttuğum nefesimi bırakıyorum. Koşarak basamakları çıkıyorum. Tık tık tık! Kapıyı çalıyorum. Açmıyor. Anne! Bağırıyorum. Aç kapıyı, ben geldim! Tık tık tık!

Gözümü açtığımda yan pencerede Ayşe'nin yüzü, ellerini siper etmiş, parlayan camdan içeriyi görmeye çalışıyordu. Camı tıklatıyor, tık tık tık, "Türkan, orada mısın?"

Kalktım panikle pencereyi açtım. Terlemişim. Camdan giren esintiyle birden dünyayı, nerede olduğumu hatırladım.

"Burada olduğumu nereden bildin?"

"Zili çaldım, yoksun, telefonun da kapalı, ortalığı velveleye vermeden önce bir şansımı denedim. Ne yapıyorsun orada?"

"Uyumuşum."

"Karavanda?"

Yüzündeki endişe barizdi. Benim delirdiğimi düşünüyordu muhtemelen. "Acıdan kafayı üşüttü herhalde" diyordu içinden. Yine de sakinliğini koruyor, sözlerini mayın tarlasında yürür gibi seçiyordu.

"Evet, karavanda. Evin her yerinde ağladım. Her köşesine üzüldüm. İneyim de biraz burada ağlayayım dedim."

Dediğime güldü. Kendisini tutmaya çalıştı, tutamadı, çok güldü. Dayanamadım, ben de katıldım ona.

İnip sarılasım geldi boynuna o zaman. Birine sarılmak bütün dağılan, dökülen, devrilen, saçılan şeyleri yeniden yan yana dizecekti sanki.

"Ne iyi geliyorsa canım, işin kolay değil, ne iyi geliyorsa onu yapacaksın", kafasını uzatıp içeriyi görmeye çalıştı, "Rahat mıydı bari burada uyumak?"

"Hatırlamıyorum. Ama uyumayı özlemişim... İçeri gelsene."

Gelip yanıma oturdu. Etrafa baktı.

"Bu kadar geniş olmasını beklemiyordun değil mi?"

"Mutfağı bile var. Şaka gibi."

"Uzun yollara gidiyormuş ya insanlar bununla. Dün gelen usta dedi ya."

"Evet ya, adam nasıl şaşırdı hiç yola çıkmadığını duyunca."

"Vardır Orhan'ın bir bildiği."

O etrafı incelerken aramızda uzayan sessizliği, içimi kemiren bir kurt bozdu.

"Ayşe, sana bir soru soracağım. Ama zor bir soru. Bana sorması zor, sana da muhtemelen cevaplaması zor olacak."

"Sorman şartsa sor tabii. Elimden geleni yaparım."

"Rüya neden dönmedi?"

Bunu beklemiyordu. Şaşırdı.

"Sabah sabah bu kadar zorunu beklemiyordum" dedi, "çok eski bir soru bu."

Baktı, ben inatçıyım, bir yanıt duymak istiyorum. Kaçamadı. Derin bir nefes aldı, bakışlarını dışarı kaçırdı. Hazır olduğunda dönüp yüzüme baktı. Neşesi kaçmıştı. Paslı bir kilidi zorluyordum belki de.

"Neden gittiğini biliyorum ama neden dönmediği konusunda benim de çok fikrim yok, Türkan. Yani var da yok. Gitti işte. Dönecekti, dönmedi."

Rüya'nın evliliklerinin ikinci yılında eğitim için Londra'ya gitmesinin mahallede yankısı büyük olmuştu. Kimse Orhan'a bir şey diyememiş ama yeni evli genç bir kadının tek başına Avrupa'ya okumaya gitmesi tabii ki çeşitli söylentilerin müsebbibi olmuştu. Boşanıyorlar mıydı? Neden çocukları olmuyordu? Orhan da arkasından gidecek miydi peki? Öyle bir aşkla tanıştırmışlardı ki bizi, mahallenin müşterek havsalası uzun süre ikisiyle meşgul olmuş, ancak Rüya gittikten sonra Orhan hayatına hiçbir şey olmamış gibi devam edince dedikodular da zamanla sönmüştü.

"Rüya enteresan biriydi" diye tekrar girdi söze Ayşe, "özgür ruhlu. Bize benzemeyen biriydi. Hani tılsımı olan insanlar vardır ya, bir odaya girdiklerinde mesela herkes fark eder onları, kalabalıkta hemen belli ederler kendilerini, öyle biriydi. Kıpır kıpır, taze, insanı uykusundan uyandıran bir enerjisi vardı, Orhan'ın tersine seyahat etmeyi, dünyayı görmeyi, başka insanlarla, başka kültürlerle tanışmayı çok önemserdi. Hayalleri vardı. Her fırsatta hissettirirdi bu küçük yerin insanı olmadığını, kuşkusuz bizi üzmek, kırmak için yapmazdı bunu, çok zarif biriydi ama benim hissettiğim şey şu; daha ilk günden sığamadı o buraya, duramadı. O, başka bir dünyaya aitti. Abimin bunu en baştan fark edememiş olmasına şaşkınım."

"Âşık olmuştur belki. Âşık olunca görmeyiz ya gördüğümüzü."

Yorumum huzursuz etti Ayşe'yi. Gitmek üzere toparlandı.

"Gençlik diyelim. Gençken galiba insan olmayacak şeylerin olabileceğine inanıyor. Her şeyi, herkesi gözünde büyütüyor da büyütüyor."

Kapıyı açtı, inmeden bir an bekledi, konuyu kapatmak istiyordu ama böylece bitirirse üzerine düşen açıklamayı yapmamış olacaktı, bana borçlu hissediyordu muhtemelen, vazgeçti inmekten, yanıma geri oturdu. Bu açıklamayı hak ettiğimi düşünüyordu.

"Rüya eğitimine devam etmek istedi. Bunu ta en baştan söylemişti hepimize, bir hayali vardı, saklamadı hiç. Annemler tabii ki karışmadılar, bilirsin, öyle insanlar değillerdi. Orhan'la ikisinin aralarında çözecekleri bir konu gibi baktılar hep. Orhan da onu iyi tanıyordu sanırım, Rüya gitmeye karar verdiğinde gitme dese bir tesiri olmayacağını biliyordu bence, desteklemekten başka çare bulamadı. Londra'da deniz biyolojisi alanında yüksek yapmak üzere bir üniversiteden burs almıştı Rüya. Böyle bir fırsatı kaçıracak bir kız değildi. Öylece gitti."

"Ve dönmedi..."

"Dönmedi. Dönmeyeceğini bilmiyor muyduk? Ben biliyordum. Abim de biliyordu bence. Ama hiç konuşmadık bunu. Abim Rüya'yı hiç konuşmadı bizimle. Sonra zaten doktoraya başladığını duyduk. Derken boşanma isteğini iletti abime. Sessizce boşandılar. Üç yıllık ayrılığın sonunda. Bir daha da haber almadık."

"Orhan neden gitmedi arkasından sence?"

"Abimi biliyorsun ya, o öyle biri değildi hiç. Onun hayatı buradaydı. Okulu biter bitmez fabrikada işe girmişti zaten, genç bir mühendis olarak gelecek vaat ediyordu. Bana sorarsan burada bir şey olamasa da yerini yurdunu bırakacak biri değildi. O mutluydu burada. Buraya aitti."

İkisinin boşanma haberini üniversite sınavına ikinci defa hazırlandığım kış almıştım. Lise bitmiş, ilk sene kazanamamış, bir kez daha denemeye karar vermiştim. Aklımda sınavdan başka bir şey yoktu, teyzemle eniştemin bana tanıdığı bu ikinci şansı iyi değerlendirmek zorundaydım; bir sene daha kaybetme lüksüm yoktu, borçlu hissediyordum kendimi. Onlar öğretmen olmamı istiyorlardı. Bense ne istediğimi bilmiyordum. Bir hedefim yoktu, varsa da ondan henüz haberim yoktu.

Bir akşam teyzem elinde meyve tabağıyla odama girdiğinde test çözüyordum. Teyzem tabağı masaya bırakırken "Orhan'la Rüya boşanmış" dedi, ağzının kenarında değişik bir çizgi mi belirmişti bunu derken, gülümsemeye mi benzetmiştim o çizgiyi? Duyduğum haberle karnımdan yukarı doğru tırmanan tazyikli bir duygunun şakaklarımı zorladığını, beni peyderpey ele geçirdiğini hatırlıyorum. Bir şey demedim, teyzemin yüzüne nasıl baktıklarından emin olamadığım gözlerimi yeniden test kitabıma indirdim, gözlerimdeki mutlu yıldızları eşkenar üçgenlerin, logaritmik denklemlerin, üslü köklü sayıların arasına sakladım. İçim patlayacak gibiydi. Teyzem odadan çıkasıya bedenimdeki hiçbir kasın kırpırdamaması için insanüstü bir çaba sarf ettiğim, kapı kapanır kapanmaz arkasındaki aynada kendimi gülümserken gördüğüm ve yüzümü kaplamış o şavalak gülümsemeden çok utandığım geliyor aklıma.

Sevinmiş miydim bu boşanma haberine? Hayır, tam olarak böyle açıklanabilecek bir şey değildi hissettiğim. Elbette biraz sevinmiştim. Orhan yok değil, hâlâ vardı benim için, hep olmuştu. Baştaki kadar yaman duygular içinde değildim, Rüya'nın hayatımıza gelişi kendimi belli bir noktaya kadar durdurmamı, Orhan'dan umudu kesmemi gerektirmişti. Ama geçen zamanda hep içimde bir yerde kalmış, bir dip balığı gibi derinlerde dolanıp durmuştu. Sonrasında yaşam karşıma birkaç yeniden sevme ihtimali çıkardı, çıkarmadı değil, ama birtakım anlık heyecanlanmalardan ötesi değildi. Biraz ürperti, o kadar. Tesiri ertesi güne yayılmayan kısa süreli tansiyon yükselişleri. Orhan'la, onun hayatımdaki süreğen tesiriyle kıyaslanacak şeyler değildi hiçbiri.

Dolayısıyla bu boşanmanın bir kavuşma ihtimaline gebe olduğunu saklayacak değildim kendimden. Ancak bu yalnızca kendisini düşünen, hodbin mutluluğun yanında büyücek de bir hüsran duruyordu. Orhan'la Rüya'yı çarşıda ilk kez gördüğüm günkü neşeleri hâlâ gözümün önünde. Sonsuza dek sürmesini beklediğimiz bir mutluluktu tanıklık ettiğimiz. Rüya galiba sadece Orhan'ın değil, bütün mahallenin aşka olan inancını yıkıp gitmişti. Beyhudeydi demek. Bu boşanmayla artık herkes gönül rahatlığıyla alelade evliliklerine dönebilir, kadınlar biz niye böyle sevilmedik, neyimiz eksikti diye tasalanmayı bırakabilir; erkekler Rüya'nın neredeyse egzotik güzelliği yanında eşlerinin bir anda nasıl da solup kaldığını düşünmekten vazgeçebilir; hepimiz hayatın normal insanlar için hâlâ güvenli bir yer olduğuna ikna biçimde küçük mahallemizdeki küçük yaşamımıza eskisi gibi devam edebilirdik. Hayatımız sıkıcıydı ama kalplerimiz biri tarafından paramparça edilmemişti. Ve bu iyi bir şeydi. Rüya mütevazı mahallemizden bir akşamüzeri çıkıvermiş bir rüzgâr gibi esip geçmiş, birkaç yıl sonra da unutulmuştu. Handiyse yaşanmamış, sadece kulaktan kulağa anlatılagelmiş eski bir hikâyeydi artık. Çok güzel kadınların muhakkak can yaktığı o eski zaman mitoslarından biri.

Hal böyle olunca Orhan'ın içimizden biriyle, yani benimle evlenmesi ve benim de onca yıl durup durup Orhan'la evlenmem beklenen şaşkınlığı yaratmadı. Sıradan olanın düşsel olan karşısındaki gizli zaferiydi bizim evliliğimiz. "Çocuklar anlaşmış, bize kutlamak düşer" demişti konu komşu. Evliliğimiz öngörülebilir, şatafatsız, kendi halinde bir evlilik olarak kayda geçmişti mahallenin hafızasında. Ben de öyle yapmam gerektiği düşüncesiyle telli duvaklı gelin olmayarak ilişkimizin tansiyonsuz mizacına halel getirmemiş, "Gelinlik değilim ben!" diye bas bas bağıran krem rengi düz bir elbise giyerek iki şahit huzurunda gidip imzamı atmıştım. Çıkışta kutlamanın da ateşini kısık tutarak aile içinde, evde küçük bir yemek yemiştik. Sözsüz bir anlaşmanın parçasıydı hepsi. Bu müşterek kabulleniş beni de sarıp sarmalamış, bana Orhan'ın benimle neden evlendiğini düşünecek yer açılmamıştı. Mutluydum. Orhan benimle evlenmişti çünkü. Hepsi bu.

"Orhan benimle mutlu muydu sence, Ayşe?"

Ayşe bu defa duramadı yerinde, açtı kapıyı, indi karavandan ama uzaklaşmadı, orada kaldı.

"Kuzum Türkan, sen şimdi neden bunlarla uğraşıyorsun?"

"Abini senden daha iyi tanıyan kim var? Bunu ancak sen bilebilirsin."

"Bu sorunun cevabı bende yok. Ama sana şunu söyleyebilirim, eğer mutsuz olsaydı bunca yıl sürdürmezdi bu evliliği. Kendi halinde, yabanıl bir adamdı, kabul ediyorum, içinde yaşardı pek çok şeyi, mutluluğunu sana belki hissettiremedi, bunlar ikinizin arasında şeyler, eğer buysa sorduğun, bunu ben bilemem ama şuna eminim, istemediği, içine sinmeyen bir şeyi sürdürmezdi abim, çok ilkeli bir adamdı, seninle bunca yıl aynı evde müşterek bir hayat sürdürdüyse bunu istediği için yapmıştır."

Mutlu muydu sorusunun cevabı yoktu anlattıklarının içinde. Bir sürü şey vardı ama bir o yoktu. Ben mutlu muydum? Orhan'la aynı çatı altında huzurlu bir yaşamımız olmuştu. Evlilikten büyük toplamda böyle bir şey mi beklemeliydi insan? Yirmi dört yılı huzurlu geçirmiştim onun yanında. Bu bana olduğu kadar ona da yetmişti belki de. Benim yanımda olmak belki ona da iyi gelmişti. Benim Orhan'ın kalbini kırma ihtimalim yoktu, bana doğru gelirken bunu biliyor olmalıydı. Nefis bir gemiyle büyük umutlarla açıldığı deniz yolculuğunda fırtınanın alasını yaşamış, fena biçimde alabora olduğunu sandığım bir genç adam olarak canı burnunda karaya dönünce sığınacak bir yer aramış, beni bulmuştu, benim munis kayıkhanemi... Sevişilmemiş geceler, yalnız uyunmuş uykular, susulmuş şeyler. Hepsi orada, adına huzur diyeceğimiz o büyük örtünün altında saklanıp durmuştu. Bu kadar mıydı? O kadar da âşık değildik ama huzurluyduk. Böyle bir izah yeterli miydi benim için?

Bir teselliye, güzel bir hatıranın tesellisine ihtiyacım vardı acilen. Hafızamı yokladım. Orhan'ın annesiyle bize akşam yemeğine geldiği ve evlilik niyetini herkese ilan ettiği o akşama gittim. Orhan ziyaretleri boyunca pek konuşmamış, veda kahvelerimizi içerken sonunda söz almış, teyzeme dönüp "Şakire Abla, senin de izninle, biz Türkan'la evlenmek istiyoruz" demişti. O akşam bu konuyu açacağından haberim vardı. İki kere merkezde bir pastanede buluşup dondurma yemiştik. İkinci buluşmamızda bana niyetini belli etmiş, annesiyle konuştuğunu, bir akşam bize gelmek istediklerini teyzeme iletmemi istemişti. O gece Orhan'ın ilanıyla masaya çöken sessizliği, teyzem ağzını açıp bir şey diyene kadar lastik gibi uzayan o garip boşluğun içinde çok utandığımı, Orhan'ın bunu iki kişilik bir niyet olarak bildirmesinin benim için de sürpriz olduğunu, bu vesileyle onunla başka gözlerin huzurunda ilk kez "biz" olduğumuz için müthiş derecede gönendiğimi, gururlandığımı hatırlıyorum.

Teyzem hiç şaşırmadı, Orhan'a karşı beslediğim dev duygularla yıllardır aynı evde yaşıyordu, kendisine itiraf edilmeseler de onlarla karşılaşmamış, tanışmamış olması pek mümkün değildi. Kararımızı onayladı ama tedirgin olduğunu da gizlemedi. O akşam herkes gittikten sonra odama geldi, ben uyumaya hazırlanırken yatağın kenarına oturup bana şöyle dedi: "Çok ama çok sevindim. Ama sen akıllı bir çocuksun, onu ne kadar sevsen de, Orhan ve anne babası ne kadar istekli, hevesli görünseler de senin bu kararı alırken bir şeyin farkında olduğunu düşünüyorum: Bu, Orhan'ın ikinci evliliği olacak. Sen onun ikinci karısı olacaksın. Bu, bir erkeğin ilk karısı olmaktan farklı bir şey. Aynı şey değil. Bunu biliyorsun değil mi? Buna hazır mısın?"

Elbette farkındaydım. Düşünmüştüm bunu. Uykularım kaçacak kadar düşünmüştüm. Üzerinden yıllar geçse de Orhan'ın ilk evliliği geniş gölgesiyle duruyordu hâlâ orada. Onu görmezden gelmek kolay değildi. Orhan'la aynı evde yaşamak, bir hayatı paylaşmak hayali aklımı uçurmuştu uçurmasına ama onun hayatındaki ikinci kadın olmak, birinden açılan boşluğu doldurmak, mağazadan alınmış yepyeni bir ayakkabıyı giymek yerine başkasının eski, giyilmiş ayakkabılarını, onun giyip ayağının izini bıraktığı ayakkabıları giymek gibi olacaktı belki de. Rüya vardı, olmuştu, o yokmuş, hiç olmamış gibi yapabilecek miydik?

O akşamki aile buluşmasına kadar uykularımı kaçıran bu düşünceler, o gece kapıda vedalaşırken eriyip gitti. Annesiyle babası çoktan merdivenlerden inmiş, teyzem çoktan içeri girip ortalığı toplamaya girişmiş, Orhan'la ikimiz sahanlıkta baş başa kalmışken, yüzüme bakmış, başka her şeyi silen bir bakıştı bu, *Unuttum* demişti gözleriyle. *Merak etme, unuttum onu.* Karın bütün gece yağıp sabaha her şeyin üzerini kaplaması gibi bir şey... Yeni bir defterin ilk sayfasını açıyormuşuz gibi bir şey... İnanmıştım. Her şeyi geride bıraktığına. Bunun Orhan için de yeni bir başlangıç olduğuna. Benimle evlenmeyi gerçekten istediğine. Gözlerin diline inanmaktan başka çaremiz var mı? "Tamam" demiştim, "tamam, evlenelim." O da sözünü tutmuş, evliliğimiz boyunca Rüya'nın hayaletini hiçbir surette göstermemişti bana.

"Onu çok özlüyorum, Ayşe."

"Biliyorum, canım, biliyorum."

"Sana bir şey diyeceğim. Biraz kulağa garip gelecek bir şey. Benim bir planım var."

"Endişelenmeli miyim?"

"Hayır. Yani galiba endişelenmene gerek yok. Ben evde kalmak istemiyorum. Yani bu, nasıl desem, tam da istemiyorum gibi bir şey değil, kalamıyorum, doğrusu bu, evde kalmaya gücüm yok. Çok şey var evde. Aralarında duramıyorum. Karavanda kalmak istiyorum bir süre."

Sadece birkaç dakika evvel içimde doğuveren bu taze fikri ben de ilk kez Ayşe'ye söylerken duydum. Kendi sesimden duyduğum şey, neredeyse delilikti. Çılgınca bir fikirdi. Başkasından duysam belki biraz ruh sağlığından şüphe edebilirdim o kişinin, yazık, kim bilir ne derdi var, derdim, koskoca eve sığamayıp da bu kuş yuvası kadar şeye sığacağını düşünüyor. Ama yok, öyle değil. Bilakis günlerdir ihtiyacım olan şeyi bulmuştum burada. Uyuyabilmiştim. Sadece birkaç gün zaten. Çok değil. Biraz evden uzakta, Orhan'ın artık içinde olmadığı bir evin uzağında bir yerde içimi sakinleştirmeye, biraz normalleşmeye ihtiyacım vardı. Sonra çıkar, toplardım ortalığı. Sadece biraz burada olmak istiyordum. Hepsi bu.

"Anlıyorum. Neden olmasın?" dedi Ayşe, "Bizde kalmak istemez misin peki? Odamız var, biliyorsun. Miray'ın odası duruyor öylece. Bayramda gelir gelirse. Ona da çok var. Yabancı yer değil. Evin gibi, gel, kal istediğin kadar."

"Yok, öyle olmaz. Çok sağ ol, biliyorum, ama insan içine çıkacak, birileriyle konuşacak halde de değilim pek. Beni yanlış anlamazsan..."

"Aşkolsun. Anlamam hiç. Ama burada otoparkta mı kalacaksın?"

"Evet, otoparkta kalmak istiyorum. Bir şey lazım gelirse, ev yakın olsun. Çok da uzaklaşamam zaten. O kadar uzun boylu değil."

"Sana başka bir teklifte bulunabilir miyim?"

"Tabii."

Geldi, yanıma geri oturdu.

"Karavanı alsak götürsek, bizim bahçenin kenarına çeksek, tamam, yine karavanda kal, karışmayız sana, ama bize yakın ol, aklım kalmasın sende."

Ayşe, kocası Levent'le tek katlı bir evde yaşıyordu. Şehrin biraz dışında, kocaman bir bahçesi olan, eski bir evdi. Bize uzak değillerdi. Arabayla belki on-on beş dakika. Olabilir gibi geldi. Başka bir yerde olmak iyi gelebilirdi bana. Ama evden bu kadar uzaklaşmaya hazır mıydım? Onu bilemiyordum işte. Kafam karışmıştı.

"Yapabilir miyim sence?"

"Eğer ihtiyacın olan buysa, biz seve seve komşuluk ederiz sana."

"Peki kim kullanacak karavanı, kim götürecek oraya?"

"Sen tabii" dedi, göz kırptı.

Bir an kendimi direksiyonda şu otoparktan çıkarken hayal ettim, içim ürperdi, ama heyecandan ama korkudan.

"Yıllar var oturmadım direksiyona. Yapma Allah aşkına!"

"Yok mu ehliyetin? Var. Kontağı çevirince hatırlarsın."

Lisenin bittiği yaz eniştem beni hiç vakit kaybetmeden bir sürücü kursuna yazdırmıştı. Teyzem gezmeyi çok severdi. Her fırsatta konu komşudan civarda gidecek yeni bir yer duyar, kaplıca olsun, mesire yeri olsun, koşa koşa eve gelir, ballandıra ballandıra anlatır, eniştemi yollara düşmeye ikna ederdi. Merkeze de çok giderlerdi. Kendisi korkuyordu araba sürmekten. Eniştem de şoförlükten bıkmıştı. "Bir an evvel öğren de sen gezdir artık teyzeni" diyerek araba kullanmayı hızlıca öğrenmem için beni epey teşvik etti.

Direksiyona ilk defa oturup gaza bastığım günü hiç unutmuyorum. Hayatımda ilk kez ipler benim elimdeydi sanki. O kadar hevesliydim ki, hızlı öğrendim araba kullanmayı, sınavı da ilk seferde verip kısa zamanda acar bir şoför oldum. Babam otobüs şoförüydü, bu sebeple sürücülük maharetime "Irsi" dedi bizimkiler, "İçinde varmış" dediler. Koltuğa oturur oturmaz içimde uyanıveren o rüzgârlı hissi anlatmam mümkün değildi onlara. Çok sevdim araba kullanmayı, Orhan'la evlenene kadar da teyzemin şoförlüğünü ben yaptım. Orhan'ın arabası yoktu, hiç olmamıştı, onunla yaşamaya başlayınca da anladım ki, bir arabaya pek ihtiyacı da yoktu. Hal böyle olunca benim de hevesim zamanla söndü. O sebeple yıllar var sürücü koltuğuna oturup kontağı çevirmemiştim. Yapabilir miyim bilmiyordum.

"Yaparsın" dedi Ayşe.

Yerimden kalktım, sürücü koltuğuna oturdum. Karavanın nefis bir direksiyonu vardı. Ellerimi deri kaplamasına koydum, parmaklarımla sarıldım. Dikiz aynasında arkamda oturan Ayşe'yle göz göze geldik. Evladını ilk kez bir şey yapmaya teşvik eden anne gibi bakıyordu yüzüme, göz kırptı. Döndüm, "Ayşe, Orhan görse ne derdi?" dedim, "Çok şaşırmaz mıydı?"

Bir şey demedi. Direksiyona dönünce gülümsemesini gördüm aynada. Abi kardeş gülünce ne kadar çok benziyorlardı birbirlerine. Hiç aklıma gelmezdi bu kadarı. Bir gülümseme zamanın sonsuz ırmağında kuşaktan kuşağa akıp gelmiş, iki kardeşin yüzünde kendisine yer bulmuştu aynı biçimde. Ayşe, canım Ayşe, Orhan'ın kardeşiydi. Bunu bu kadar berrak bir fark edişle ilk kez hissediyordum.

"Ha bu arada" dedi, aklına gelmişti birden, "dün gelen usta aradı bu sabah, gelip fotoğraflarını çekecekmiş, ben tamam dedim ama herhalde vazgeçtik bu işten. Vazgeçtin değil mi satmaktan?"

"Vazgeçmedim de erteledim, öyle diyelim."

"O zaman ben eve gidiyorum. Sen de yerleş, çık, gel. Bekliyorum seni."

"Nesine yerleşeceğim, sen de Ayşeciğim, âlemsin. Ama evet, bir pijama, diş fırçası falan alsam iyi olur yukarıdan."

"Ooo, pijama önemli! Hele diş fırçası! Yerleşmenin büyük timsali. Haydi! Daha fazla gevezelik etmeyeyim. Kahvaltı hazırlıyorum. Aç gelirsin, değil mi?"

"Aç gelirim."

Ayşe'yle birkaç saate buluşmak üzere sözleştik. Onu yolcu edip yukarı, eve çıktım. Duş aldım. Duşta yine biraz ağladım. Sonra evin içinde çok dolanmadan hızla bir çanta yaptım. Vakit kaybetmeden aşağı, karavanın yanına indim. Tam içeri girip sürücü koltuğuna oturacağım sırada birden aklıma geldi, kafamı kaldırıp yukarı baktım, balkona. Yıllarca oturup karavanı, Orhan'ı seyrettiğim balkon. "Görüşürüz" dedim sessizce. "Geri geleceğim ama önce biraz gitmem lazım." Sonra sürücü koltuğuna oturdum, anahtarı çevirdim, motor çalıştı. Kalbim şakaklarımda atıyor, biraz da ellerim titriyordu. Yapabilir miyim? Yapabilir miyim? Bu karavanı şu sokaktan aşağı doğru sürüp, buradan götürebilir miyim sahiden? Kafamın içinde güm güm davullar çalıyor. Nasıl olacak? Olacak bir şekilde. Direksiyonu sıkıca kavradım, derin bir nefes alıp gaza bastım ve karavanı yavaş yavaş yerinden çıkardım. Neredeyse bir ömrü uyuyarak geçirmiş sürücü kaslarım tek tek uyandı o zaman, her biri biraz şaşkınlık, biraz telaş içinde ne yapacağını bir bir hatırladı. Karavanı otoparkın çıkışına doğru sürdüm, sokağa çıktım. Birkaç saniye içinde apartman arkamda küçüldü, küçüldü, ana caddeye çıkmak için sola dönünce tam yirmi dört yıldır yaşadığım Eski Sular Sokağı gözden kayboldu.

* * *

Ayşe ve Levent neredeyse bir ay boyunca hayatlarına ilişmeme müsaade ettiler. Karavanın yanına bir masa, bir sandalye, bir şemsiye koyup bana oracıkta, bahçe içinde bir bahçe hediye ettiler. Hiç işime karışmadılar, gelip habire camımı tıklatmadılar, "Yemek hazır, hadi gel" demediler, benimle hiç uğraşmadılar. "Bu senin anahtarın. Ne zaman istersen banyo burada, mutfak burada" deyip beni kendimle, kendi halimle baş başa bıraktılar. Arada kapıma küçük armağanlar koydular, bir fincan sıcak çay, geceler karavanda soğuk olur diye bir çift uyku çorabı, birkaç dergi, bir radyo... Beni o bir ay boyunca uzaktan seyrettiler, garipliğimi hiç garipsemeyip mahallede hakkımda yayılan seslere kulaklarını tıkayıp, bana arka çıktılar.

O zaman zarfında eve sadece bir kere, o da evi toparlamak üzere gittim. Ayşe de geldi, bittabi karton kolileri de. Bu işi onsuz yapabilmemin mümkünatı yoktu. Aklımda günlerce adım adım kurduğum bir hareket planı vardı, listelerim hazırdı. Her şeyi düzenleyip, ayıklayıp, ne atılacaksa onu atıp, ne verilecekse onu verip öyle çıkacaktık evden ancak olmadı. Odadan odaya bir saatlik sallapati bir koşuşturmanın sonucunda son anda neye, ne yapacağıma tam olarak emin olamayarak buzdolabının fişini çekmek, çiçekleri, en azından hâlâ hayatta olanları Ayşelere taşımak, akıp kokacak şeyleri çöpe atmak, birkaç parça giysi daha almak dışında pek bir şeye ilişemedim. Orhan'ın odasına girip koltuğun üzerindeki battaniyesini aldım sade. Bir de masanın üzerinde yarım bıraktığı romanı. Sonra da evi öylece bırakıp, kapıyı çekip çıktım.

Karavanda olmak bana iyi gelmişti ama evim olmadı karavan. Artık burada yaşıyorum gibi bir duygum yoktu. Buraya kaçmışım, sığınmışım, saklanmışım, kendime alternatif bir yuva kurmuşum gibi gelmiyordu. Bilakis bir evsizlik, yersizlik, bir müstakil olma haliydi tecrübe ettiğim. Hayatım boyunca içinde dönenip durduğum küçük bir kutudan dışarı doğru adım atmıştım sanki, beni nicedir tutan bir kabın içinden taşmış gibiydim. Arada bir yerdeydim. Suyu geçerken, bir taştan diğerine atlarken havada bir süre asılı kaldığımız bir yer varsa işte oradaydım. Öyle hissediyordum. Korkuyordum. Çok hem de. Ama bu korkunun ta kendisiydi günden güne kalbimi parlatan.

Orhan çok sık geliyordu aklıma, uykuyla uyanıklık arasında adımı seslendiğini duyuyor, gözümü açınca son altı ayda olan biten her şeyi bir anda hatırlıyor, artık onsuz bir dünyada yalnız olduğumu bir kez daha idrak ediyor, ona anlatamazken her şeyin ne kadar anlamsız olduğu hissiyle baş başa kalıyordum. Özlem kimseye anlatamayacağım bir genişlik ve biçimdeydi, onu neredeyse bir hırka gibi giymiştim üstüme, hücrelerime dek hissettiğim tek başınalık duygusu her neyle uğraşırsam uğraşayım bir yerden kafasını uzatıp kendisini habire hatırlatıyordu bana.

Ama sonra sabah oluyor, sabah olunca uzanıp karavanın küçük penceresini açıyor, içeri dolan ne müspet ne menfi esintiyle yüzümü hayata dönmeye gayret ediyor, yattığım yerde gözlerimi kapatıp yumurtasını kıran serçe yavrularını hayal ediyordum. Buradan başlayabilirim diyordum kendime, cılız bir gaganın uzanıp yırttığı zardan, çatlattığı kabuktan başlayabilirim.

Ayşe'yle Levent'in evine komşu hayatımın amacına ulaştığını düşünüyordum o zaman. Miadını yavaş yavaş doldurduğunu. Burada, bu ara durakta, dünyaya hazırlanıyor olmalıydım; burada bir kız kardeşin dokunulmazlığıma dokunmadan hazırladığı yoğun bakım odasında biraz olsun iyileşiyor olmalıydım. Ayşe bana bir sürü şey ama en çok adım atmayı en baştan öğrenmem için gereken yumuşak alanı sunmuştu, beni muhafaza etmişti. Artık az biraz yürüyebiliyor olmalıydım, muhtemelen o kadar dik değildi omurgam hâlâ, arada emekler ve sürünürdüm belki yine ama son birkaç gündür aklımdan çıkaramadığım biraz daha uzağa gitme fikrinin bana söylediği bir şey vardı: Bazı şeylerin zamanı gelmiş olmalıydı artık. Yeni bir şey lazımdı bana. Bir adım daha. Dünyaya doğru bir adım. Görüş mesafemin dışında bir şey. Bunun ne olduğunu bilmez halde mevcut düzenimi sürdürmeye çalışırken, bir sabah Levent gelip kucağıma bir fikir bıraktı; daha doğrusu ben, onu akarsuyun içinde bir balığı yakalar gibi yakaladım sözlerinin içinde.

Ayşe'yle çaya gelmişlerdi o sabah. Haziran şişman, neşeli bir kahkaha gibi her yanı doldurmuş, sonsuz bir telaş, dindirilemez bir yaşam arzusuyla uyuyan ne varsa uyansın diye bas bas bağırıyordu kulaklarımızın dibinde. Balıkesir yakınlarında bir arazi kalmıştı Ayşe'yle Orhan'a babalarından. Kimsenin yıllardır elini sürmediği bir zeytinlik. Müşavir aramış önceki gün, bu araziyi hatırlatmıştı. Levent emekli oluyordu bu eylül. "Belki birkaç yıla gider orada bir şeyler yaparım, olmadı satarız, durduğu yerde kimsenin bir işine yaramıyor zaten. Bu yaz bir ara gidip bakalım hep birlikte. Neymiş, nasıl bir yermiş." Aynen böyle demişti.

Ayşe'nin de bir aşamada dahil olduğu konuşmanın devamını duymadım. Dinleyemedim daha doğrusu. İkisi konuyu enine boyuna konuşurlarken sesleri gitgide uzaklaştı benden. Sonsuz uzayda bir nokta bulmuştum kendime, bir çapa atmıştım boşluğa, gerisi ilgimi çekmemişti. A noktasından kalkıp gideceğim bir B noktası vardı şimdi haritamda. Hayatı boyunca hiçbir yere gitmemiş biri için dev bir buluştu bu. Aniden bir yol ihtimali belirmişti önümde. Varılacak bir yer. Neredeyse bir keşif. Burnumu çevireceğim bir istikametim vardı artık. Orhan'ın önerdiği yolculuğu mu bulmuştum acaba? Kafamın içinde fevkalade bir berraklıkla parlayan bu yeni fikirle Levent'in sözünü kestim.

"Ne kadar sürer buradan Balıkesir?" diye sordum o sırada ne konuştuklarına aldırmadan.

Aynı anda durup yüzüme baktılar. Ani sorumun kafalarının içinde gezişini ve ardından nihayet bir fikir oluşturmasını anbean yüzlerinde seyrettim.

"Niye ki? Gidecek misin yoksa?" diye sordu Ayşe.

"Evet" dedim, "neden olmasın?" Bu konudaki netliğim üçümüzü aynı anda hayrete düşürdü.

"Nefis fikir" diye atladı Levent, "bir ön keşif yaparsın gidip. Bakarsın, neye benziyor oralar. Sana da değişiklik olur. Belki kalırsın da biraz. Tatil yaparsın. Karavan kampı çoktur o tarafta. Buradan dört-beş saat sürer herhalde. Senin ihtiyarla biraz daha uzun sürebilir gerçi, daha fazlasına hazırlıklı ol."

"Karavanla mı gideceğim! Yok, daha neler! Öyle düşünmedim ben hiç. Karavanı satacağız ya zaten. Otobüsle giderim ben, bir pansiyonda kalırım dedim. Vardır öyle yerler orada."

"Ne otobüsü canım, tabii ki karavanla gideceksin. Asıl öyle tadı çıkar yolun."

"Yaaa" diyebildim sadece.

Karavanla uzun yol gidebileceğim hakikaten gelmemişti aklıma. Orhan'ın benim için düşündüğü yolculuk böyle bir şey değildi ki. Kendimi şehirlerarası bir yolda karavanın direksiyonunda hayal ettim. Yüz metreden "Ben geliyorum" diye bağıran limon sarısı bir karavanın direksiyonunda ben. Sağ şeritten usul usul gidiyorum. Kırk sekiz yaşındayım. Erken menopozdan mustaribim. Yalnızım. Biraz şişman, biraz da depresyondayım. Bahar başında kocamı toprağa vermişim. Komedi filmi gibi bir şey olur bu. Şöyle yuvarlak çerçeveli, pembe camlı bir gözlük takayım da tam olsun. Hayatta olmaz. Tek başıma zaten yapamam böyle bir şeyi.

"Yok, olmaz. Sahiden olmaz."

"Neden olmasın?"

"Uzun yola çıkmak başka bir şey. Tek başıma yapabileceğim bir şey değil bu."

"Dünyayı dolaşmayacaksın ki yavrucuğum. Buradan kalkıp Balıkesir'e gideceksin. Mis gibi yol. Aç müziği, kafanı dinle."

Kırk sekiz yıldır aynı yerde yaşıyordum. Aynı şehirde üç ev görmüştüm. Bütün hayatım birbirine ara sokaklarla teğellenmiş üç evde geçmişti. Annemin evinde çocukluğum, teyzemin evinde genç kızlığım. Orhan'ın evinde tam ne olmuştum bilmiyordum ama dura dura elliye merdiven dayamıştım. Geldiğim yer ihtiyarlıktan hemen öncesi değil miydi? Öyle olmalıydı. Buradan sonrası hep yokuş aşağı. Artık genç değildim. Öyle hissediyordum.

Ayşe beni seyrediyor, Levent'in sözlerinin bana ne hissettirdiğini anlamaya çalışıyordu. Açıkçası biraz kafam karışmıştı. Ben bebek adımlarla yol almaya çalışırken üzerinden atlaya atlaya ilerlediğim taşların arası bir anda açılmaya başlamıştı. Belki şimdi yürümek değil de sıçramaktı benden beklenilen.

"Yapabilir misin?" diye sordu Ayşe nihayet. Sorusuyla masaya geri döndüm.

"Bilmem. Biraz düşüneyim, çok hızlı oldu."

"Çok düşünme" dedi Levent, "uzatırsan o vakit kaygılanır, vazgeçersin. Kaygıya mahal bırakmadan çık yola. İyi şeyler birdenbire olur."

"Afili laflar etmeyi sever bilirsin" deyip Levent'in yanağını sevdi Ayşe.

"Ama işe yarıyor" deyip güldü o da.

"Bakalım" dedi, Ayşe, "Türkan çocuk değil ya. Canı istiyorsa gider, canı ne istiyorsa onu yapar."

* * *

Yola çıkmak. uzun yola çıkmak, uzun yola karavanla çıkmak, uzun yola karavanla tek başıma çıkmak...

Bir kâğıda alt alta bunları yazıp birkaç saat öylece baktım. Ayşe ile Levent çaylarını bitirip eve girince, ben de Levent'in aklıma düşürdüğü yol fikriyle karavana girip yatağa oturdum. Benden beklenilen gayet basit bir şeydi. Evet, en kötü ne olabilirdi, yola çıkar, başıma bir iş gelirse birilerinden yardım isterdim. Levent'in dediği gibi dünya turuna çıkmıyordum. Karar vermemi zorlaştıran kısım burası değildi. Ben, kırk sekiz yaşındaki Türkan, bütün yaşamımı durarak geçirmiştim. Bütün yaşamımı birilerinin yanında durarak geçirmiştim. Birilerinin bana açtığı boşluklara sığmış, taşmamış, yükselmemiş bile ama kurumamış da, orada eski bir göl gibi durup beklemiştim. O kadar uzun zaman durmuş bir şeyi yerinden hareket ettirmek, bir karavanı otoparktan çıkarmaktan fazlasıydı benim için. Ben bugüne kadar hiç yegâne öznesi olduğum bir işe kalkışmamıştım. Hiç kendi kaderimi tayin edecek bir adım atmamış, ekseriyetle bana gösterilen yere ilişmiş, bundan şikâyet etmemiş ama şimdilerde yeni yeni ve epey sarsılarak fark ettiğim şekilde bu sınırları belirlenmiş hayattan sandığım kadar tatmin olmamıştım. Bir şeyler eksik kalmış gibi geliyordu. Bunu ilk kez, zor rüyalardan uyanıp karavanın içinde otururken hissediyordum, gündüz beni pek yoklamayan bu duygu o uykuyla uyanıklık arasındaki zamansız ve mekânsız saatlerde çok derin bir yerde kımıldanıp duruyor, bana "Hadi" diyordu, "hadi şimdi sırası geldi, artık sadece sen varsın." Bu, bir ihtimaldi elbet. Atacağım adıma çok büyük anlamlar yüklemekten geri duruyordum, ben o serüvenci insan değildim, "Bir gün yola çıktım ve bütün hayatım değişti" demeyecektim muhtemelen ama değişebilecek şeyler olduğunu biliyordum. Bunun kokusunu alıyordum. Beni durdurmaya çalışan endişe de galiba gücünü bundan alıyordu. Hayatım boyunca kendimi bir arada tutmak için çok çaba sarf etmiştim. Dökülüp dağılmaya teşne parçalarımı öyle sağlam bir tutkalla yapıştırmam gerekmişti ki, bu sağlamlık beni galiba taşa çevirmişti. Taş yerinde ağırdı. Şimdiyse o taşı yerinden kaldırmam gerekiyordu, belki de yolda başına ne gelir diye düşünmeden, öylece bayırdan aşağı yuvarlamam.

Ertesi sabah uyanır uyanmaz pijamamla direksiyona oturdum. Genç kızlığımda sürücü koltuğunda oturduğum günleri düşündüm. Orhan'la evlenene dek teyzemle yaptığımız kısacık yolları. Pazara da gitsek erkeksiz bir otomobille dünyaya doğru çıktığımız, bize denizaşırı gibi gelen seyahatlerdi onlar. Teyzemin yanımda otururkenki genç kız neşesini unutmam mümkün değil. Radyoyu açıp şarkılara eşlik eder, belki de bu şekilde o da ilk defa özgür olduğunu hisseder, ben gaza bastıkça mahalle arkamızda küçülür, teyzem bu küçük kaçamaklarda neredeyse gençleşir, güzelleşirdi. Bana bazen annemi anlatırdı yolda. Annem büyük kardeşti, birlikte köyde, dedemin meyve bahçelerinde büyümüşlerdi. Çok severdi ablasını. Annemin ani vedası benim çocuk ömrüme atom bombası düşürmüş, teyzemse bir tanecik ablasını kaybettiği bu berbat ölümün ardından doğurmadığı bir çocuğun sahibi olmuş, beni evlatlık edinip yanına almıştı. "Annene çok benziyorsun" derdi bana bakıp. "Annen de severdi gezmeyi. Çocukken deden çok gezdirdi bizi. Böyle yandan sepetli motoru vardı. Koyardı oraya annenle beni, anneannen de arkasına otururdu, her yere götürürdü bizi. Ama baban şofördü ya, bıkmış yollardan, hiçbir yere götürmedi sizi."

Camı açtım. "Ayşe!" diye seslendim. Çamaşır asıyordu bahçede. Döndü, baktı, el salladı. "Gidiyorum ben!" diye bağırdım. Sokaktan annesine seslenen yaz tatili çocukları gibi çıktı sesim. "Gidiyorum, çıkıyorum yola!"

"Ne zaman?"

"Yarın sabah, erkenden!"

"Biliyordum, biliyordum!"

II

"Günaydın" dedi bir ses. Yerimden sıçradım. Baktım, az ötemde karanlığın içinden biri bana el sallıyor. Çıktı, geldi, karavanın ışığında görünür oldu. Uzun, upuzun bir genç adam.

"Korkuttum sizi galiba."

"Karanlıkta öyle bir anda çıkıverince..."

"Sizi görünce bir merhaba demek istedim, kusura bakmayın. Güneş birazdan doğacak, eli kulağında, ortalık aydınlanınca bu kadar korkutucu olmayacağım, söz." Şakasını komik bulmamı bekledi bir süre, "Ben Ulaş bu arada" dedi sonra, elini uzattı, ben de nezaketen uzattım. El sıkıştık.

"Türkan ben de."

Gidecek sandım ama belli ki sohbete gelmişti, elinde termosuyla karşımda dikildi.

"Erken uyanıyorsunuz siz de benim gibi..."

"Karavanda çok geçe kalamıyor insan. Güneş yükselince içerisi çok sıcak oluyor."

"Doğru... Nefis bir karavan bu arada. Ne kadar iyi bakmışsınız. Sarıyı seviyorsunuz sanırım."

Dediği şeyi önce anlamadım, sonra üzerimde sarı bir pijama takımı, ayağımda yine sarı parmak arası terlikler, sarı bir karavanın önünde durduğumu fark ettim. Dün yolda durup bir outletten almıştım hepsini. Sarıyı severdim ama koskoca mağazada başka şey yokmuş gibi neden bunları seçtiğimi anlamak güçtü. Dışarıdan bakınca ömrünün sonlarına doğru biraz eğlenmeye karar vermiş, azalan hormonlarının azizliğine uğramış, umutsuz bir orta yaş mağduru gibi görünüyor olmalıydım.

"Tek başınıza mı geziyorsunuz?" diye sordu bu defa. Sohbeti sürdürmeye niyetliydi.

"Ben aslında gezmiyorum. Evden buraya geldim, buradan da eve döneceğim."

"Tek başınıza?"

"Evet."

"Sizin yaşlarınızda bir kadının buna cesaret edebilmesi pek rastladığım bir şey değil. Bravo. Ama insan hissettiği yaştadır, değil mi?"

İyi bir şey mi demişti şimdi? Normal şartlar altında bu dediğine gücenmem, onu kibarca geldiği yere kovalamam gerekirdi. Ama yüzüne bakınca bunları yapmak gelmedi içimden. Kötü niyetli biri değildi, şaşırtıcı derecede berrak, kendisini saklamayan, güven veren bir tavrı vardı. Baktım, kalkıp gitmeye de niyeti yok, "Oturmaz mısınız?" dedim karavananın hemen yanındaki çiçek tarhını çevreleyen beyaza boyalı taşı göstererek. Ben de karşısına, karavanın basamağına tünedim. Soru sorma sırası bana gelmişti şimdi.

"Siz geziyor musunuz?"

"Sayılır. Neredeyse iki yıldır karavanda yaşıyorum ben."

"Tek başınıza?"

"Evet."

"İki yıl uzun zamanmış."

"Biraz dolaşırım diye çıktım yola ama hâlâ dolaşıyorum. Belki bir gün dönerim."

"Tabii, insanın bir gün evine dönmesi iyi olur."

Durdu, düşündü, elleriyle alnına inen dağınık saçlarını geriye taradı, aklındaki cümleyi tam nasıl kursa bilemedi sanki önce.

"Bir evim yok aslında. Biraz uzun bir hikâye. İyiyim ama böyle."

"İyiyseniz ne güzel."

"Evet, evet, bana hakikaten ilaç gibi geldi karavanla yol yapmak. Aklımı toparladı."

"Karavancılığın böyle bir misyonu var herhalde. Ben de yeni geldim kampa. İlk kez bir karavan kampında bulunuyorum. Biraz etrafa bakınca, en çok aklını toparlaması icap edenler seçiyor galiba bu yolu dedim kendi kendime..."

"Yol herkese bir nebze iyi geliyor sanırım." Aramızdaki samimiyeti bir seviye daha artırmak istediğini belli eden bir hamleyle durup, "Aklınızın toparlanmaya mı ihtiyacı vardı sizin de?" diye sordu bu sefer.

Karşılık vermedim. Sevmedim bu soruyu. Yeni tanıştığım birine böyle bir konuda açıklama yapmak gelmedi içimden. Zaten sabahın bu kadar erken saatlerini bir yabancıyla geçirmeye de alışık değildim hiç. Pijamalıydım. Saçımın başımın halini hele hiç kestiremiyordum, karavanda ayna yoktu. Yaşım da fazlasıyla konu olmuştu. Bu kadar samimiyet yetmişti bana, bir an evvel gitsin istedim. Sessizlik uzayınca mecburen söz aldı.

"Kusura bakmayın, belki haddini aşan, erken bir soru oldu" deyip güldü. Gülünce üst üste inşa edilmiş kenar mahalle evleri gibi yamru yumru ama ona tuhaf bir şekilde yakışan dişleri göründü. Şirin biriydi Ulaş. Büyük gözlü, dalgalı gür saçları yer yer göğe doğru uzamış, yer yer aşağılara dökülmüş, her bukle ayrı telden çalıyor; elimdeki topu uzağa fırlatmamı bekleyen, neredeyse yakışıklı sayacağım, benim olsa adını Kömür koyacağım, esmer bir labrador yavrusu gibi karşımda oturuyor. İnsanın görür görmez ısınacağı biri. Çok sürmedi inadım, gardımı indirdim.

"Siz kusura bakmayın, Ulaş. Sohbet konusunda biraz paslanmış biriyim. Ama sorunuzu cevapsız bırakmayayım, evet, benim de biraz karışık aklım. Toparlanmaya ihtiyacı var. Son altı ayda çok şey oldu. Biraz sağa sola dağıldı her şey, şimdi iyileşmeye çalışıyorum."

"Bu akşamüzeri şu tepedeki şapele yürüyeceğim. Biraz zorlu bir keçiyolu ama tepenin ardında nefis bir manzara var. Kesinlikle görmeniz lazım. Size iyi geleceğine eminim. Gelmek isterseniz camı tıklatmanız yeterli, şu ilerideki beyaz karavan da benimki."

"Ooo, sizin karavanınız çok havalıymış. Ben biraz zorlandım bu ihtiyar dostumla buraya gelesiye, yalan yok."

"Ama sizin karavanın hikâyesi de benimkinde yoktur muhtemelen."

"Çok merak ediyorsanız anlatırım bir ara. O kadar da şanına yakışır bir hikâye sayılmaz."

Durdu, şaşırtıcı bir rahatlıkla yüzümü inceledi, bir yabancının karşısında öylece savunmasız kalmak utandırdı beni, kızardığıma emindim, güneşin henüz dünyayı –ve beni– aydınlatmamış olması şimdi iyi bir şeydi, sessizliğini bozup, gözlerini benden ayırmadan, "Sizi sevdim" dedi, ardından yine o koca dişli gülümseme yüzünü kapladı.

"Birini sevmek konusunda biraz hızlısınız."

"Yok, yok, yakından tanısam da severdim sizi. İnsan bazen hissediyor bunu. Yanılacağımı sanmam. Kahve ister misiniz? Termosu koyuyorum buraya. Sonra da sizi güneşin doğuşuyla baş başa bırakıyorum. Çok gevezelik ettim."

Ağzımı açıp bir şey dememe fırsat vermeden, termosu yanıma bıraktı, bir geyiğinkine benzeyen bacaklarıyla sekerek uzaklaştı. Uzaktan seslendi sonra, "Termosu sonra getirirsiniz, hiç dert etmeyin!"

"Kahve içmiyorum ki ben" dedim ama duymadı.

* * *

"Günaydın!"

Elinde bir deniz havlusu, üzerinde ilk kez bu kadar kısasını gördüğüm bir şort mayo, karanlığın içinden yine çıktı geldi Ulaş. Ertesi sabah. Güneşin yine eli kulağında olduğu saatlerde.

"Günaydın. Yine pijamamla yakalandım size. Termosunuzu da getiremedim daha."

"Kamp yerinde birbirimizin her halini görmekten başka çare yok. Kampçılık insanı normalde pek alışık olmadığı bir samimiyete mecbur bırakıyor. Sınırlar biraz belirsiz. Kahveyi sevdiniz mi?"

"Sevdim. Teşekkür ederim." İçemedim, kahve içmiyorum ben, döktüm diyemedim. "Dün akşamüzeri yürüdünüz mü şapele?"

"Sizsiz yürümek istemedim. Ama yeni bir teklifle geldim: Yüzmeye gidelim mi?"

"Şimdi mi?"

"Evet. Denizin en güzel saatleri. Dönüşte herkese 'Deniz sabah çarşaf gibiydi, kaçırdınız' diye hava atacağımız saatler bunlar."

"Bu ihtiyarların işi değil mi? Sabahın köründe denize girmek yani. Yaşıtlarınız öğlene doğru belki uyanır, belki uyanmaz. Siz biraz fazla gençsiniz sabah denizi için sanki."

"Siz değil misiniz?" dedi güldü, "Haydi, hazırlanın, bekliyorum burada."

Kendimi Ulaş'ın yanında üzerimde mayoyla hayal ettim. Onun ışıl ışıl, yaşam dolu, taze mevcudiyetinin yanında fırınlanmaya hazır, tüyleri yolunmuş, tombul bir kümes hayvanından farkım olmazdı. Benimki bu kıyaslamada bir beden değil, olsa olsa naaştan sayılabilirdi. Beni o halde görmesine izin veremezdim. Kötü bir fikirdi bu.

"Şahane olurdu ama pek hazır değilim galiba. Henüz yüzme sezonunu açmadım ben."

"Birlikte açarız işte sezonu, güzel olmaz mı?"

Sınırlarım hunharca zorlanıyordu ama gariptir bu bende normalde yaratacağı öfkeyi yaratmıyordu. Kamp hayatı galiba beni de bu kadarcık zamanda gevşek tabiatına doğru çekmeye başlamıştı. Yine de olacak şey değildi.

"Mayom bile yok yanımda" deyip işi iyice yokuşa sürdüm. Sahiden de yoktu, evde de yoktu mayom, yıllardır bir mayoya sahip olmam gerekmemişti.

"Pekala" dedi Ulaş, "başka zaman. Ama vazgeçmeyeceğim. Yine deneyeceğim sizi ikna etmeyi. Koşayım da güneş yükselmeden yetişeyim." Arkasına bakmadan hızlı adımlarla uzaklaştı.

Karavana girdim, yatağa geri uzandım. Perdeyi araladım, zeytin yapraklarının arasından güneş doğuyordu. Ayşe'ye mesaj attım:

Şirin bir kamp yeri buldum. Suya yakın. Sevdim burayı. Çok uzatmam, zeytinliğe bakıp dönerim diyordum ama galiba biraz kalacağım. Yol da biraz yordu, yalan yok :)

Ayşe de erkenciydi, ivedilikle yanıtladı mesajımı:

Keyfine bak. Buralar bıraktığın gibi.

Karavan beklenildiği üzere yolda birkaç defa arıza yapmış, neyse ki dağ başında değildim de biraz destekle, dura kalka buraya kadar beni getirmişti. Vardığım saatte öyle yorgundum ki, sora sora bulduğum bu kamp yerinde kafamı yastığa koyar koymaz uyumuştum.

Birkaç gün kediler gibi sağda solda tembellik ederek geçti. İçeride, dışarıda, devrilip yayılacak gölgeleri kovaladım. Gün ilerledikçe hava epey ısınıyor, öğle saatlerinde ortalık bir anda boşalıyor, kampçılar saklandıkları yerlerden akşama doğru çıkıyorlardı. Ulaş o sabahtan sonra bir daha uğramadı. Karavanı yerinde duruyordu ama kendisiyle hiç karşılaşmadım. Termosu hâlâ bendeydi. Geri vermek istiyordum ama bunun için kalkıp karavanına gitmem gerekiyordu. Nedense bu ziyareti ertelemiş de ertelemiştim.

Bir öğleden sonra daha fazla bekleyemedim, termos elimde Ulaş'ın karavanının önünden, arkasından birkaç kere geçecek şekilde kampı turladım. Gidip kapısını çalmaktansa bir karşılaşma ihtimali beni biraz olsun bu yükten kurtaracak gibi geldi. Ama bu plan işe yaramayınca mecburen gidip kapısını tıklattım. Ses veren olmadı. Perdeleri sıkı sıkı kapalıydı. İçerisi görünmüyordu. Herhalde denizde diye düşündüm. Termosu oracığa bıraksam gitsem daha kolay olacaktı sanki ama kaçmak gibi mi anlaşılır, nezaketsizlik mi olur derken biraz beklemeye karar verdim. Bakarsın o sırada gelirdi Ulaş.

Karavanın hemen yanına, gölgeye, açılır kapanır bir masa sandalye koymuş. Masada birkaç kitap üst üste dizili. Yanlarında bir defter. Arasında bir kalem duruyor. Bir kahve fincanı. İçilmiş. Gördüğüm manzara, henüz detaylarını bilmediğim bir hayatı geride bırakıp yola çıkmış genç bir serüvencinin bütün klişelerini barındırıyordu. Okuyor, yazıyor, sürekli kahve içiyor, sabahın köründe kalkıp denize gidiyor, yeni tanıştığı insanlarla derhal samimi oluyor. Yaşamın sürprizlerine açık belli ki, illa bir maceranın peşinde olmak zorunda değil ama sanki her şeye de hazır ve razı görünüyor. Değişik biri. Oturdum beklemeye koyuldum.

Ne zaman sonra karavanın kapısı açıldı, belinde özensizce doladığı, ha düştü ha düşecek küçük bir havlu, yastıkla sadece birkaç saniye önce vedalaşmış karışık saçları ve yeni uyanmış yavru köpek gözleriyle Ulaş dışarı çıktı. Beni görünce içinde hiç şaşkınlık barındırmayan bir ifadeyle yüzüme baktı.

"Biliyordum" dedi.

"Neyi biliyordunuz pardon?" diye sordum. Sesim planladığımdan biraz fazla tepkili çıkmış olabilirdi.

"Bir gün geleceğinizi."

Karşımda mendil kadar havlusuyla öylece gülümsüyordu bunu söylerken. Sakinliğinden ve rahatlığından rahatsız oldum.

Panikle ayağa fırladım. O sırada altımdaki sandalye geriye doğru devrildi. Onu yerden kaldırayım derken elimdeki termosu düşürdüm. Termos yuvarlandı, yuvarlandı, karavanın altına kaçtı. Almak için eğildim, uzandım, epey ileri gitmiş, elim yetişmedi.

"Termosunuzu getirmiştim..." diyebildim orada dizlerimin üzerine çökmüş yaşam mücadelesi verirken.

"Ben alırım. Dert etmeyin."

Elini bana doğru uzattı, elinden destek alıp ayağa kalktım, yüzüne bakmamaya gayret ederek "İçeride olduğunuzu bilmiyordum. Rahatsız ettim, kusura bakmayın. En iyisi ben gideyim" dedim. Nefes nefese kalmıştım.

"Kitap okuyordum. Uyumuşum. Siz iyi misiniz?"

"Gayet iyiyim."

"Birkaç saat sonra şapele yürüyeceğim. Güneş biraz daha alçalsın, onu bekliyorum, şimdi sıcak olur. Bu defa geliyorsunuz değil mi?"

Yüzüne baktım. Hâlâ sakince beni seyrediyordu.

"Bilemiyorum. Bir bakayım işlerime. Haber veririm ben size."

Koşar adımlarla yanından uzaklaştım. Son sürat karavana varıp, kendimi içeri zor attım. Kan ter içinde kalmıştım, kalbim şakaklarımda zonkluyordu. Uzun zamandır bu kadar mahcup olduğumu hatırlamıyordum. Kendimi durduk yere rezil etmiştim. Benim neyimeydi arkadaşlık! Hele de böyle gereğinden fazla dostane, gençten bir oğlanla. Başkası mı kalmamıştı koca dünyada? Dün tanıştığın bir insanla bunca samimiyet kurma çabası da neydi allasen? Kızdım kendime. Epey acemice davranmıştım. Hoşuma gitmemişti bu hale düşmek. Neyse ki termosun sorumluluğunu üzerimden atmıştım da bir temas daha kurmamız için neden kalmamıştı. Sevindim buna. Onu bir daha görmem gerekmiyordu. Kampta bir gece daha kalayım da sabah erkenden giderim buradan artık diye düşündüm. Utancım bir nebze azaldı, biraz ferahladım bu planı yapınca.

* * *

"Bu taşlar kaygan olur, aman dikkat edin" diyerek beni ikaz etti, düşmeyeyim diye elimi sıkıca tutarken Ulaş.

Gelmeyecektim. Kararım kesindi. Ne var ki Ulaş bütün dünyayı dize getirme kudretine sahip olduğuna yavaş yavaş ikna olduğum dev gülümsemesiyle akşam saat tam yedide karavanın önünde bitince işler değişti.

"Türkan!" diye seslendi, perdeyi araladım, baktım, oradan bana tatlı tatlı el sallıyor, "Hadi!" diyor. İnsana bir gıdım itiraz hakkı bırakmayan bir "Hadi!" bu. Bugün yaşanan rezillikten sonra onu bir daha görmek dünyanın sonu demekti benim için, en azından öyle sanıyordum. Böyle durumlarda kaçmak benim uzmanlık alanımdı. Kaçmak, saklanmak, kıpırdamadan beklemek. Ta ki tehlike geçene dek. Ama kapıma gelmesi, dışarıda beni bekliyor oluşu beklemediğim şekilde hoşuma gitmişti; bu ısrarda beni gülümseten, içimi ısıtan bir şey vardı. Ondan saklanmak gelmemişti içimden. Onu kafamdaki hangi kutuya koyacağımı tam bilemiyor, bu bilmezlik aklımı karıştırsa da ortalıkta dolaşmasından rahatsız olmuyordum. Niyetini bilmiyor, onu tanımıyordum. Ama bilmenin rafa kalktığı bir yerdeydim bir süredir. Sezginin kandil ışığında gördüğüm kadarıyla kaçmamı gerektirecek biri değildi. Değişik biriydi Ulaş, hiç aşina değildim onun gibi insanlara ama ondaki bir şeyi sevmiştim işte. Ne diye sorsalar, anlatamam, bazı şeyler anlatılamıyor. Çağrısına karşı gelemiyordum. Hepsi bu. Mağaramdan çıkmak ve yanına gitmek istiyordum. Galiba başka seçeneğim de yoktu. Bu inatçı genç adam başka türlü vazgeçeceğe benzemiyordu. Ona bir kere daha "Hayır" demenin genç kızlara yakışacak şekilde romantik bir naz olarak anlaşılmasından da çekindim sanırım, "Tamam" dedim bu defa. Altı üstü bir yürüyüş.

"Tamam, geliyorum. Bekleyin."

Bir süredir şapele çıkan taşlık bir patikayı adımlıyorduk. Yol uzun ve meşakkatliydi. Şapele vardığımızda beni elimden çekip, "Gelin" dedi, "size göstereceğim şey bu tarafta." Merakla peşi sıra yürüdüm. O güzelim taş yapının arkasına dolandık. Bahsettiği manzara şimdi tam karşımızdaydı. Hayatımda ilk kez böyle bir şey görüyordum. Güneş denizle buluşmak üzere anbean aşağı doğru eriyordu. Son ışıklarla sular turuncuya bulanmış, açıkta demir atmış bir tekneden bize kadar ulaşan insan sesleri, hemen aşağımızdaki bir patikadan geçen keçi sürüsünün çanlarına karışıyordu.

"Bu Ege Denizi mi!"

"Ta kendisi."

"Şurada biraz oturacağım."

Hayal gibi bir şeydi karşımda duran. Burası Orhan'ın berbat bir hastalığa yakalanıp berbat bir şekilde yitip gittiği dünyayla aynı yer miydi yani? Biz şu anda aynı dünyada mıydık?

Yanıma oturdu. Güneş küçüldü, küçüldü, nihayet arkasında kırmızının elli tonundan mürekkep bir resim bırakarak güne veda etti. Denizdeki teknenin ışıkları yanıyordu artık. Bir doğum günü kutlaması vesilesiyle bir araya gelmişlerdi. Deniz, tebrikleri olduğumuz yere kadar taşıyor, kahkahaları ayaklarımızın altında biçimsiz bir C harfi gibi uzanan koyu çevreleyen kayalıklarda çınlıyordu.

"Siz kaç yaşındasınız Ulaş?" diye sordum dönüp. Burnu ve yanakları yanmıştı güneşten. İki kaşının arasında bir suçiçeği izi vardı. Ucu yenmiş ayakkabılarıyla bütün gün sokakta top koşturmuş bir oğlana benziyordu bu haliyle.

"Kaç gösteriyorum?" dedi.

"Böyle konularda tahmin yürütemem pek. Patavatsızlık edip kimsenin ince duygularını kırmak istemem" dedim ama herhalde yirmilerinin sonlarındaydı.

"Bu yaz otuz beş oldum."

"Öyle mi! Şaşırttınız beni."

"Siz de elli beş olmalısınız... Ya da elli altı... Elli yedi de olabilir..."

Güldüm. "Yaklaştınız" dedim.

Fütursuzluğu hayret vericiydi ama onu birkaç kısa karşılaşmada biraz olsun tanıdıysam, biraz da sezgilerime güvenmem gerekiyordu böyle bir durumda, Ulaş anladığım kadarıyla böyle biriydi ve bunu kimsenin kalbini kırmak için yapmıyordu. Sınırları esnekti sadece. Laubalilik sevmezdim, onun yaşlarında samimiyetle ikisi kolaylıkla karıştırılırdı ama bana kendisini sevdirmişti. Sahici bir tarafı vardı çünkü. Beni etkilemeye, ayarsız bir hürmetle kalbimi kazanmaya çalışmıyordu. Rahat biriydi, ısrarcıydı ama bir o kadar da haddini bilen, kararlılığıyla insanı boğmayan, açık sözlülüğüyle tedirgin etmeyen bir gençti. Bu da günümüzde fena bir özellik sayılmazdı herhalde.

"Bu hayatta ne yapıyorsunuz, Ulaş?" diye sordum. Yeni biriyle tanışmak pek bildiğim bir şey değildi ama onu tanımak istedim.

"Ben marangozum."

Öyle deyince derhal ellerine baktım. Ellerine baktığımı fark etti, fark ettiğini belli etmemeye çalıştı ama hoşuna gitti seyredilmek. Elleriyle çalıştığını, belli bir malzemeyle içli dışlı olduğunu açık eden, çalışmaktan asıl biçimini yitirmiş, bu haliyle kimde görsem bende gizli bir hayranlık uyandıracak, çalışkan parmakları vardı.

"Bir atölyemiz var İstanbul'da. Ama bir süreliğine ortağıma bıraktım. Dedim ya, geziyorum şu sıra."

Sanki hikâyesi bu kadarla bitmiyordu. Yapbozun parçaları eksik gibi geldi.

"Marangoza benzemiyorsunuz hiç" dedim.

Durdu, güldü.

"Mimarım aslında. Ama bıraktım."

"Neden?"

"Kafam şişti."

"Bir mesleği bırakmak için pek duymadığım bir neden."

"Sahiden kafam şişti. Bana göre değilmiş o kocaman, ruhsuz projeler. Bir de çok üçkâğıt var bu işte tahmin edersiniz. Hele de büyükşehirde. Okurken hayalini kurduğum meslekle hiç alakası yoktu yaptığımın. Bulamadım aradığım şeyi. Yapamadım. Bıraktım."

"Neyi arıyormuşsunuz ki?"

"Ali Abi'yi! Onu bulunca her şey değişti."

"Çok âlemsiniz! Kim bu Ali Abi?"

"Ali Abi kim? Anlatması zor biri benim için. Birkaç projede işbirliği yapmıştık, tanışıyorduk. Yılların marangozudur. Çok ama çok maharetli bir usta. Sadece iş için değil muhabbete de gider gelirdim yanına. Ahbap olmuştuk artık. Bir gün 'Gel' dedi, 'gel bana yardım et.' Gittim. Yanında takıldım uzun süre. Sonra güçlerimizi birleştirdik. Onun küçük atölyesini büyüttük. Birlikte çalışmaya başladık. Ondan sahiden çok şey öğrendim. Hem mesleki hem ahlâki olarak bana rehberlik etmiş biridir. Sadece iş ortağım olmadı, bir abi gibi sahip de çıktı bana. Karavan fikri de ondan geldi zaten. Ben pek iyi değildim bir süredir. Eve gitmiyordum, dükkânda yatıp kalkıyordum. Önceleri ses etmedi ama sonra baktı, benden hayır yok, bir süredir kafam da çalışmıyordu. Hayalet gibi geziyordum ortalıkta. 'Git, dolan, toparlan, öyle gel, ben buradayım, merak etme' dedi. Öyle işte. Bir anda ne çok şey anlattım durduk yere. Anlatasım varmış herhalde..."

"Ne güzel birinin size sahip çıkması. İnsan bazen buna çok ihtiyaç duyuyor."

"Benim bir ailem yok. Var da yok. Görüşmüyorum kimselerle. Ali Abi benim ailem oldu. Değişik biridir. Mesafeli sanırsın önce, soğuk biri gibidir ama biraz girince dünyasına hemen anlarsın, aslında hiç öyle değil, kocaman bir kalbi var. Herkesi almaz oraya ama. Akıllı adam. Kimi seveceğini iyi seçer. Az konuşur ama çok bilir. O değişik insanlardan işte. Bilirsiniz ya öylelerini."

"Dünyada hâlâ var mı öyle insanlar?"

"Varmış demek. Gerçekten olmasa savrulurdum. Tuttu beni, bırakmadı, sağ olsun."

"Merak ettim, hadsizlik olmayacaksa dinlemek isterim, nedir sizi yollara düşüren?" diye sordum cesaret edip.

Aslında sormayı planlamadığım bir soruydu bu. Kendisi anlatmamıştı. Davet edilmediğim bir yere girmeye çalışmaksa hiç benlik bir hamle değildi. Yolda birini durdurup saati soramayan, minibüste müsait bir yerde inebilir miyim demek zor geldiği için son durağa kadar gidip asıl ineceği yere geri yürüyen biriydim ben. Şimdiyse henüz dün tanıştığım gençten bir oğlanla gün batımında oturmuş, ona arka arkaya haddimi aşacak, epey özel sorular soruyordum. Normal şartlar altında tehlike arz edecek bir durumdu bu benim için. Ondan önce beni mahcup düşürecek, utandıracak bir temastı. İçimi yokladım. Garip şekilde bu defa utanç değildi hissettiğim. Hayır, şu anda bunu yapmaktan utanmıyordum, Ulaş'tan utanmıyordum. Onunla konuşmak beni korkutmuyordu, onu tanımak, yetmezmiş gibi kendimi de ona anlatmak istiyordum. Ulaş'ın yanında bin yıllık taşlara oturmuş bir yandan günbatımını seyrederken onunla açık yürekli bir bağ kurmak, onunla tanış olmak için konuşmamızın sorularla genişleyip açılması için sabırsızlanıyordum.

"En zor sorulardan başladınız ama sormaya" dedi Ulaş. Gülümsedi. Sonra yavaş yavaş silindi gülümsemesi yüzünden, bu ifadeyi ilk defa görüyordum onun yüzünde, bakışlarını uzağa, denize, teknenin de ötesine, ufka doğru gönderdi, sonra döndü, bana baktı, "Aşk acısı" dedi, durdu, "böyle söyleyince kulağa biraz arabesk geliyor değil m? Dinlemek istiyor musunuz sahiden?"

Başımı salladım. O da anlatmaya koyuldu.

"Aslı, karım yani, eski karım demeliyim artık gerçi, bana 'Git' dedi. Ben de artık kalmanın tuhaf olacağı bir noktada inat etmedim, onu dinledim", yerden bir taş alıp aşağı doğru attı, taş yuvarlandı, yuvarlandı, ileride bir çalıya takılıp durdu, "Aşk bitti. Bitmiş yani, öyle dedi."

Duraksadım, bu kadar çok bilgiyi sindirmem ve karşılığında bir şey söylemem için birkaç nefese ihtiyacım vardı. Bunlar bir yabancıyla paylaşmak için çok özel şeylerdi ama içimde kendime pek yakıştıramadığım bir merak duygusu da kıpırdanıp duruyordu.

"Biraz yoğun bir yanıt oldu, kabul ediyorum" dedi, "bir şey demek zorunda değilsiniz. Türkan, beni sonra konuşalım mı?"

"Olur."

"Siz neden yollardasınız?"

"Benim kocam öldü."

Bu kadar net bir cevabı ne o ne de ben bekliyordum.

Alnını kırıştırdı. Daha fazlasını dinlemeye razı olduğunu belli etti. Devam ettim.

"Kanserdi. Birkaç ay içinde olup bitti her şey. Onun karavanı aslında gördüğünüz. Satmaya karar vermiştim. Orhan'ın vasiyetiydi, 'Sat, gelen parayla tatil yap' dedi bana ama ben kendimi karavanla yolda buldum."

Anlatırken ne kolay, ne çabuk geldi. Son altı ayda olanları böyle bir çırpıda özetlemiş olmama şaşırdım.

"Galiba bir süre eski hikâyeleri konuşmaktan vazgeçip manzarayı seyretmek daha iyi olacak." Yüzüme baktı, gülümsememi bekledi, beklediği olmayınca, "Hiç kolay şeyler değil. Çok üzüldüm" dedi.

"Üzülmeyin, Ulaş, hiç üzülmeyin, ben zaten Orhan'ın gidişine herkese yetecek kadar üzüldüm. Kimseye kalmadı daha fazla üzüntü. Bütün üzüntüleri üzüldüm ben, bir de siz üzülmeyin."

Gözlerim doldu. Gözlerimin dolduğunu gördü. Birinin güven veren şahitliğini, o yumuşak alanı bulur bulmaz, duramadılar daha fazla, gözyaşlarım tıpır tıpır iniverdi aşağı.

"Özür dilerim" dedim tişörtümün ucuyla gözlerimi silerken, "iyiyim diyorum. Geçti sanıyorum ama ara ara yoklayacak herhalde hep böyle. Belki de hiç geçmeyecek."

"Hayır, hayır, özür dilemeyin. Kolay bir şey değil ki bu. Hemen geçecek bir şey hiç değil. Ama bir gün illaki geçecek."

"Tünelin ucunda ışık var mı diyorsunuz?"

"Işık olmadığını söylesem vaz mı geçeceksiniz yürümekten?"

Güldüm.

"Çok filozof birisiniz."

"Değilim, değilim. Hiç değilim. Filozof olan deli deli gezer mi böyle benim gibi, oturur evinde. Durabilir bir yerde en azından."

"Bir şey mi arıyorsunuz acaba?"

Bu soruyu beklemiyordu. Ayağa kalktı. Birkaç adım attı.

"Sahiden bilmiyorum" dedi, "belki de bulunca anlayacağım onu aradığımı."

"O zaman belki eve dönersiniz."

"Eve dönmem şart mı?" Sesi çocuk gibi çıkmıştı.

Bir cevap veremedim. Düşündüm. Bu sorunun cevabı bende de yoktu. Ev dediğim yer uzayda anlamını çoktan yitirmiş, şu yıllarca tepesinden baktığım eski karavan dışında başımı sokacak bir yerim var mı, artık ben de çok emin değildim. Geride bir apartman dairesi bırakmıştım, artık ev demekte güçlük çektiğim bir yer. Gidip toplamam gereken bir eşya yığını. Kendimi orada balkonda otururken hayal ettim. Yapabilir miydim bunu? O balkona, o balkondaki sandalyeye dönebilir miydim? Şu anda yaptığım şeyin sürdürülebilir bir tarafı yoktu, hippi değildim ki ben ama nasıl olacaktı? Nasıl olacaktı her şey?

"Neyse... Teşekkür ederim, Ulaş, ne yapıp ettiniz, beni ikna ettiniz buraya yürümeye. Bu pek de benim yaşıma ve kondisyonuma uygun olmayan taşlı bayırı tırmanırken hakkınızda pek iyi şeyler düşünmedim ama şimdi fikrim değişti. Hiç pişman değilim. İyi ki gelmişiz buraya."

"Siz de değişik birisiniz, Türkan, sahiden diyorum. İyi anlamda değişik."

"İyi anlamda değişik olmak dilerim iyi bir şeydir."

"Bir de bugün biraz güneşte kaldınız herhalde, çilleriniz çıkmış, size yakışmış ama. Sizi genç göstermiş. Şimdi artık o kadar da ellilerin ortasında değilsiniz bence. En fazla elli."

Kahkahamızı doğum günü teknesinden duymuş olmalılar. Karşıdan bakınca şu tepedeki şapelin orada, iki kişi yan yana oturmuş, nefis bir manzaraya karşı gülüşüyor demiş olmalılar, böyle bir resmin parçası olduğumu düşünmek hoşuma gitti.

Ortalık iyice kararana dek oturduk orada. Konuştuk. Bir sürü şeyden. Dönüş yolunda bana Aslı'yı anlattı Ulaş. Âşık olup birkaç ayda nasıl karar verip evlendiklerini. Sonra olanları.

"İki yıl boyunca öyle büyük bir şey yaşadık ki, hiç bitmez sandığım bir rüya görüyordum sanki. Bazen uyanıp yatakta yanımda yatan Aslı'ya bakıp 'Bu gerçek olamaz' dediğimi hatırlıyorum, öyle büyük bir coşkuyla seviyordum onu, sarhoştum. Sonra zaman geçti, yavaş yavaş azaldı o hisler. Gündelik telaşlar sıradanlaştırdı bizi. Başımıza hayat geldi. Öyle diyorlar ya şimdi. *Life happened.* Tam ne zaman, nasıl başladı düşüş bilmiyorum ama bir an geldi, asla konu etmediğimiz ıvır zıvır şeyler bizi ısırmaya başladı. Tahammül edemez olduk birbirimize. Sihir bitmişti. Galiba olan şey buydu. Artık o iki eski insan değildik. Ben birkaç ay bekledim, haydi, bitti gitti demek kolay olmadı benim için, belki geçer dedim, belki yine eskisi gibi oluruz ama olmadı. Aslı kararlıydı. Ben de onun kararlılığını görünce çabalamaktan vazgeçtim. Derken artık ikimiz de uğraşmaz olduk. Aylarca evin içinde süren köşe kapmacadan sonra, nihayet onun teşvikiyle konuşup bir karar alabildik. Ayrılık konuşması zordu, çok da konuşamadık zaten, Aslı 'Git istersen artık' dedi, ben de bir çantayla çıktım evden. Öylece bitti. Sonra da yola düştüm işte."

"İnsan bu kadar büyük bir sevmenin içinden nasıl oluyor da öylece çıkıyor, Ulaş?" diye sordum. Durdu, düşündü.

"Hemen çıkamıyor sanırım. Adım adım oluyor. Her gün biraz. Geri dönmek çok sık çeliyor insanın aklını, unutmanın yolu mayın tarlası gibi bir şey. Her şey sana onu hatırlatıyor, hep bir acaba yeniden denesek nasıl olur hissi yokluyor kalbini. 'Bir mesaj mı atsam?' diyorsun. Kapısına gitsem mesela, ne der? Duramıyorsun yerinde. Ama giderek uzaklaşıyorsun ondan. Geri dönmek anlamsız bir hayale dönüşüyor bir noktada. Umut bitince dönmenin pek bir anlamı kalmıyor çünkü. Bakıyorsun, dönebileceğin bir yer değil artık orası, kendini mecburen yeniden düzenliyorsun. Kendini başka bir ihtimale ikna ediyorsun. Kalp de soğuyor bir gün. Yaşamaya devam edebilmek için buna mecbur çünkü."

"Eksik gelmiyor mu hayat onsuz?"

"Uykular... En çok onlar eksildi. Bir sürü şeye öyle ya da böyle alıştım da şu yalnız uyuma işi zormuş. Yalnız uyanmak da bir o kadar..." Sözünü yarım bıraktı.

"Onu özlüyorsunuz..."

Yüzüme baktı. Başka bir şey demeye çalıştı. Ona daha iyi gelecek bir cümle aradı aklının içinde. Benden kaçamadı, diline geleni kovamadı.

"Özlemez miyim hiç... Eskisi gibi özlemiyorum ama. Değişiyorum çünkü. Aynı Ulaş değilim artık."

"Tek başına olmak zor değil mi peki?"

"Tek başıma değilim ki. Bunu biraz yolda anladım galiba. Mesela şu anda siz varsınız. Hayatı, hayatı demeyeyim de, hayat büyük bir kelime, anları diyeyim, evet, anları paylaşacak birini bulmak zor değilmiş. Biraz gülümsemek yetiyormuş. Gülümsemene karşılık veren, sana yarenlik edecek güzel insanlar çıkıyormuş illaki yoluna."

Bu konuda haklıydı. Gülümsedi. Karşılık verdim.

"Bakın. Gördünüz mü? Yine işe yaradı."

"Daha uzun soluklu, daha derin ilişkiler kurmayı özlemiyor musunuz? Yetiyor mu yani bu kısacık karşılaşmalar?"

"Tahminimden meraklı çıktınız."

"Zaman kazanmaya çalışıyorsunuz. Zor bir soru sordum, değil mi?"

"Bahsettiğiniz şey aşksa, ki galiba öyle, ben galiba o derin kuyuya inmek istemiyorum bir kez daha, Türkan. Birini yeniden o kadar çok sevebilir miyim, pek sanmıyorum. Çok büyük bir karanlığa düştüm Aslı'dan sonra. Oradan kendimi bir daha, bir daha çıkaracak halde değilim hiç. Gönlüm de, gücüm de yok buna. Size belki de çocukça geliyor bu söylediklerim... Ama ben artık kimseye o kadar inanmak istemiyorum. Bence romantik ilişkilere çok gereksiz anlam yüklüyoruz. Hayatta bir erkekle bir kadının sadece iki kişiden ibaret romantik ilişkisinden daha kıymetli, daha kayda değer, daha süreğen şeyler var. Mutlu son takıntımız bana sorarsanız bize öğretilmiş bir şey. Hayatta karşılığı o kadar da yok."

Cevap vermedim. Verecek bir cevabım yoktu.

Tarif ettiği o kocaman aşkın zamanla nasıl bittiğini, birini çok sevmekten nasıl iyileşildiğini, insanın kalbinin nasıl hayatın içinde öylece yavaş yavaş soğuduğunu anlamak isterdim ama. Böyle bir ihtimalin varlığına inanmak isterdim. Yaşadıkları bana kalsa kısa bir süreliğine belirip kaybolan bir parlamadan başkası değildi. Gelgeç bir hali anlatıyordu. Coşkun bir mutluluk pınarının aniden kuruması. Belki heves. Çok istediğimiz bir şeyi elde edince yitirilen merak. Çünkü unutmanın, vazgeçmenin mümkün olduğu bir yerden bahsediyordu. Orasıysa benim bilmediğim bir yerdi.

Bunları söylemedim ona. Anlattığı şeyin bir anını bile yaşamamış biri olarak buna hakkım yoktu. Nereden bilebilirdim iki insan kavuşunca ne olduğunu? Çok istediğim bir şeyi elde etmiş miydim ki, merakım, hevesim dinsin? Orhan'la toplamda kaç sabah yan yana uyanmıştık acaba biz? Bunu Ulaş'a anlatsam nasıl duyulurdu? Onunla el ele tutuşmadığımızı, sadece bazen, o da Orhan teklif ederse, koluna girdiğimi, onun beni uyurken seyretmediğine emin olduğumu, onu hiç uzun uzun öpmediğimi, çok istediğimi ama bir şeyin beni hep durdurduğunu ve bir gün bu sevdadan vazgeçtiğimi, çünkü sen birine bir şey uzatırken karşındaki de aynı anda elini sana uzatmazsa o şeyin yere düşüp kırılacağını, çünkü onun da beni uzun uzun öpmediğini, evlendikten sonra bir yıl kadar süren denemelerimizi saymazsak hiç sevişmediğimizi, Orhan'ı daha fazla utandırmamak ve ona yetersiz olduğunu hissettirmemek için hakkında tek kelime etmeden ona dokunmam ve onun da bana dokunması konusunda hevesli görünmekten vazgeçtiğimi, onunla aynı evde yıllarca iki arkadaş gibi yaşadığımızı... Bütün bunları duysa Ulaş, hakkımda ne düşünürdü? Sorma ihtimali olan herhangi bir soruya cevap verebilecek halim var mıydı? Bir kedi gibi dolaşmıştım yıllarca masaların, sandalyelerin altında, Orhan beni sevsin, kucağına alsın diye. Beklemiştim. O kadar uzun süre beklemiştim ki, beklemek yaşamın kendisine dönüşmüştü. Nihayetinde vazgeçmiştim beklemekten. Alışmıştım görmezden gelinmeye, razı gelmiştim. Kanaatkâr diyorlardı benim gibilere. Ya bütün bunlar nereye koyuyordu Orhan'la ikimizi yere göğe sığdıramadığım aşkın evrensel terazisinde?

Aynı evin içinde çok uzun zaman belli bir biçimde yaşamaya ikna olmuştum, kabullendiğim bu tekdüze barış halinin altında yıllarca gizlenmiş bir itiraz vardı ve birkaç gündür ilk kez karşıma dikiliyordu. Bu yetinmenin büyük bir fedakârlık olduğunu yeni fark ediyordum. Ve ben bunları kimseye anlatmamıştım. Kendime bile anlatmamıştım. Burası benim kafamın içinde bile hiç girmediğim bir yerdi. Bir iç sese bile dönüşmemişti bu itiraz. Bu, büyük bir itiraftı. Bunu yapmaya hazır değildim.

Orhan'la mutluluğa, bir kadınla bir erkeğin arasında cereyan eden o çiçekli mutluluğa en yakın olduğumuz anlardan birini hatırlamak istedim. Aklıma karasinekler gibi üşüşen soruları kovalamak için güzel bir hatıraya ihtiyacım vardı. Mutlu bir hatıranın gelip beni Orhan'la evliliğimizi delik deşik ettiğim ameliyat masasından kurtarmasına muhtaçtım şu an. Bir kuşun nasıl uçtuğunu anlamak için onun içini deşmeye gerek var mıydı? Uçuyordu işte. Uçmuştu. Uçtuğuna, uçmuş olduğuna inanmak istiyordum.

Galiba o gündü, evet, evliliğimiz bir ihtimal olarak dünyanın karnında ilk o gün kıpırdanmış olmalıydı. Soğuk bir mart günü arabayla merkezden dönüyordum. Teyzemin terzideki elbisesini almak için gitmiştim. Akşam mahallede bir nişan vardı, teyzem kuafördeydi, benim görevim de elbiseyi zamanında eve yetiştirmekti. Hava bir anda soğumuştu, radyo "Akşama doğru kar bekleniyor" diyordu. Kar bastırmadan dönmek istiyordum. Merkezden ayrılırken dört yoldaki otobüs durağında Orhan'ı gördüm. Elinde alışveriş torbaları, paltosunun içinde büzüşmüş, otobüs bekliyordu durakta. Onu da arabaya almam icap ederdi. Komşuyduk neticede. Bir an ateş bastı onunla arabada baş başa olma ihtimalini düşününce. Duramadım, devam ettim. Durup ne diyeceğimi bilemedim. Ama dayanamadım, biraz ileriden U dönüşü yapıp durağın önünden bir kez daha geçtim. Durağı geçince sağa çektim. İnip geriye doğru seslendim: "Orhan!"

Orhan'a ilk kez sesleniyordum. Bunu fark etmek, onun adını kendi sesimden duymak utandırdı beni. Sesimi duydu, benden tarafa baktı, elimle gel gel yaptım, koştu, kırmızı burnu, buğulu gözlükleriyle kapıyı açıp yanıma oturdu.

"Sen az önce de geçmedin mi buradan? Ben mi öyle sandım?"

"Geçtim, geçtim de son anda gördüm seni, ilkten duramadım, dönüp geldim."

"Sağ ol, Türkan. Hava bir anda soğudu. Kar yağacak herhalde, otobüs de gecikti. Sayende donmaktan kurtuldum! Simit yer misin? Fırından yeni çıkmıştı. Sıcak sıcak paylaşalım mı bir tane?"

Elindeki torbadan bir simit çıkardı, ikiye böldü, yarısını bana verdi, yolu seyrederek bir süre sessizce simitlerimizi yedik. O sırada kar başladı. Çok geçmeden hızlandı. Silecekler cama düşen kocaman kar tanelerini yakalamak için birbiriyle yarışıyor, biz içeride sessizce camın arkasında bir anda değişen dünyayı seyrediyorduk. Bir kar küresinin içindeki iki figüre benziyorduk belki. Bir kadın, bir erkek.

Bir el dünyamızı sallıyor, kar taneleri etrafımızda deli deli uçuştukça içeride kalbim eriyordu.

Bu, Orhan'la çıktığımız ilk yolculuktu. Buna yolculuk denirse tabii... Başkasına da çıkmadık zaten. Yan yana, aynı arabanın içinde, baş başa otuz beş dakika. Kalbim birazdan duracak galiba dediğim otuz beş dakika. Orhan'ın bir süre sonra sessizliği bozup anlattığı hikâyeler, cümlelerin bitiminde anlattığı şeylere gülmesi, sonra dönüp bana bakması, birlikte gülmemiz bu defa... Gözümü yoldan hiç ayırmadığım, yüzüne bakamadığım, kafamı çevirip gözlerini görürsem içimde yüz yıldır bekleşen şeylerin akıp gideceğinden, onları tutamayacağımdan çok korktuğum otuz beş dakika. Şimdi geriye bakıp düşününce anlıyorum ki, Orhan'la birlikte mutlu olmaya en çok yaklaştığımız anlardan biriymiş sahiden de. O yolculukta geminin seyri değişmiş. Arabadan inerken dediği aklımda: "Türkan, havalar güzelleşince dondurma yemeye gidelim seninle."

Belki de güzel bir şeye sahip olup kaybetmektense ona hiç sahip olmamak daha iyidir.

"Daldınız" dedi Ulaş. Sesiyle çok uzaklardan geri geldim.

"Orhan'ı düşünüyordum" dedim, "siz anlatınca eskileri benim de hatıralarım canlandı."

"Anlatmak isterseniz dinlerim."

"Boş verin."

Orhan'ı anlatmak istemedim o an ona. Artık Orhan'ı anlatmak istemiyordum kimseye. Ulaş'ın bahsettiği değişim belki de böyle bir şeydi. Böyle mi başlıyordu unutmak? Sen değiştikçe mi değişiyordu her şey? Önce dilden eksiliyordu belki de giden. Oysa Orhan'ı unutmak istemiyordum ki ben. Ne sesini ne yüzünü. Yeni bir yaşam ihtimalinin kıyısında duruyor gibi görünebilirdim ama bunun için eskisini aklımdan silmem şart mıydı? Sadece içimde bir ömür Orhan'a tahsis ettiğim o kocaman alanda kendime ait bir yer de bulmak istiyordum artık. Bu bir zaruretti. Bu giderilmesi elzem olmuş zaruretim artık kendisini fazlasıyla belli ediyor, yeni yeni bilinçli bir isteğe dönüşüyordu. O gece karanlıkta Ulaş önde ben arkasında, gelirken tırmandığımız taşlı patikayı bu defa inerek, düşme tehlikesine karşı yine el ele sessizce kampa dönerken bunları düşündüm.

* * *

Sabah uyanır uyanmaz artık dönüş yoluna geçmeye, Levent'e, bakacağım diye söz verdiğim zeytinliğe gitmeye karar verdim. Yola çıkma sebebim aslen buydu. Kamp fikri araya girmiş, biraz kafam karışmış olabilirdi ama bu kısa tatil bana kesinlikle değişiklik olmuştu. Birazdan Ulaş'ın karavanına uğrar, çok uzatmadan vedalaşır, yola çıkarım diye geçirdim içimden.

Ulaş'a bir hediye vermek istedim gitmeden. Yanımda ona verebileceğim tek şey evden çıkarken Orhan'ın masasından aldığım romandı. Kitabı kolumun altına koyup güneş doğmadan kapısını çaldım. İçeride ışık yanıyordu, uyanmış olmalıydı.

Pencereyi açtı, yeni bir güne uyanmış parlak gözleriyle dışarı baktı. Bir insan yeni uyandığında nasıl bu kadar yaşam dolu olabilir, diye düşündüm. Ulaş'ın uyuduğu uyku sıradan insanların uyuduğundan başkaydı herhalde. Bu tazelik, canlılık, bu bitmeyen neşe başka nasıl açıklanırdı? Bütün mevcudiyetiyle yaşam sevincinin somutlaşmış haliydi.

"Rüyanızda beni mi gördünüz? Günaydın! Girsenize. Kahve yapıyordum."

Olur mu, olmaz mı derken içeri girmiş bulundum. İlk bulduğum yere oturdum. Ulaş da meşhur şortuyla hızlıca ortalığı toplamaya girişti, bir yandan kahve yaptı, geldi karşıma oturdu.

"Bugün ne yapıyoruz?" diye sordu.

Biraz otururum, kısa bir veda konuşması yapar kalkarım diyordum ama bu soru biraz acele etmemi gerektirdi.

"Ben gidiyorum" dedim, daha kahvesinden bir yudum bile almamıştı.

Önce ne diyeceğini bilemedi, çok üzüldüğünü gördüm gözlerinde, "Çabuk oldu" diyebildi, "nereye yolculuk?"

Anlattım. Bunun aslında bir keşif yolculuğu olduğunu, bir zeytinliğe bakmak için yola çıktığımı ama burayı sevince kampta kalışımı uzattığımı söyledim.

"Gideceğiniz yeri biliyor musunuz? Buralar kolay yerler değil. Öyle her yola girmez hem sizin karavan."

"Evet, biliyorum, Kuşkaya köyündeymiş. Köyü haritada buldum. Yakınmış buraya. Sora sora giderim. Orada da mutlaka bilen biri çıkar."

"Pekâlâ."

"Size bir hediye getirdim." Kitabı uzattım. "İçine bir şeyler yazayım dedim ama ne kitabı yazan benim ne de kitabın gerçek sahibiyim, vazgeçtim. Kocamın kitaplarından biri, okurum diye yanıma almıştım. Okumak belli bir zihin bütünlüğü istiyor, o da bende olmayan bir şey şu anda. Belki size iyi gelir."

Teşekkür etti, kitabı alıp kapağına baktı, "Duymuştum bu romanı ama bende yoktu, çok sağ olun." Ayağa kalktı, hızlı bir veda olacağa benziyordu, rahatladım. Birlikte dışarı çıktık. Gerek olmadığını söylesem de beni karavanıma kadar geçirdi.

"Hoşçakal Ulaş" dedim ayrılırken, "ahbaplığınız için teşekkür ederim. Böyle bir zamanda daha iyi gelemezdi hiçbir şey."

Bir anda elimden yakalayıp beni kendine çekti, sarıldı. Çıplak göğsünde sesim boğuldu, "Yapmayın, ağlayacağım şimdi."

Beni bırakıp "Bir dakika, bekleyin" dedi, karavanına geri

koştu, bir süre sonra elinde bir gözlükle geri geldi, "bu da benim size hediyem olsun."

Pembe camlı, yuvarlak çerçeveli bir güneş gözlüğü.

"Benden çok size yakışır. Sizin gençliğinizde modaydı bunlar, bilirsiniz" deyip yine diş diş güldü.

"Ulaş, size inat gençleşeceğim."

"Fena gitmiyorsunuz zaten."

Sonra elini uzatıp yanağımdan bir şey aldı, iki parmağının arasında sıkıştırdı, "Bir dilek tutun." Gözlerimi kapatıp içimden bir dilek tuttum. Parmaklarını açtı, "Gerçek olacak" dedi, üfleyip uçurdu kirpiğimi.

Arkamdan uzun uzun el salladı. Aynadan son kez baktığımda hâlâ orada öylece duruyordu. Yamuk dişleri, üç kişiye bölüştürülebilecek genişlikteki gülümsemesi, geyikten bacakları ve kısa şortuyla. Pencereden el salladım ben de.

"Hoşçakal, Ulaş!"

Ne yaşama sadece beş saat tutunmuş kız kardeşime ne onu doğururken kaybettiğim anneme ne beni kapıda teyzeme emanet edip arkasına bakmadan, bakamadan belki de, arabasına binip giden ve bir daha geri gelmeyen, belki de gelemeyen babama, ne son nefesinde bile öpüp koklayamadığım Orhan'a edebildiğim bir vedaydı bu. Hayatımın ilk hakiki vedası olabilir mi? Düşündüm, emin olamadım. Belki de.

"Hoşçakalın, Türkan!" diye seslendi en son, "Yine görüşeceğiz!"

* * *

Levent'in dediği köyü bulmam çok değil, birkaç saat sürdü. Denize uzak yukarı köylerden biriydi. Yol epey zorladı ama benim ihtiyar sarı kız beni yine yarı yolda bırakmadı. Köy meydanına varıp kahvenin önüne park ettim. İçeri girdim, kahve boştu. Pencere kenarında bir masaya oturup beklemeye koyuldum. Ocağın arkasından elinde bir bardak çayla bir yaşlı adam çıktı geldi, "Hangi rüzgâr attı seni buraya?" dedi bardağı masaya koyarken. Yaşını tahmin edemedim ama yüzündeki derin çizgiler, uzun, upuzun bir ömür geçirdiğini söylüyordu. Ciddi bakışlarını benden ayırmadan bekledi. Bir an dışarıdaki karavana baktı, sonra yine bana çevirdi gözlerini. Birini garip bulduğunu belli etmenin ayıp olmayacağı yaşlardaydı.

"Ben buraya, şey için geldim... Zeytinlik bakmaya geldim..."

"Köyde satılık zeytinlik yoktur."

"Satın almayacağım, bizim zaten. Yani bize miras kalmış. Yıllar var kimse gelip bakmamış. Benim de yolum düştü bu tarafa. Bir görmek istedim."

"Yerleşecek misin?"

"Efendim?"

"Gelip ev mi yapacaksın buraya? İmar izni yok burada."

"Yok, canım. Öyle bir niyetim yok. Görmek istiyorum sadece."

"Kimden kalmış size miras? Kimmiş mal sahibi?"

Adam beni ayaküstü sorguya çekiyordu ama sorularımın tek muhatabı olduğu için biraz asabım bozulsa da uslu uslu yanıtlamaya devam ettim. Arsayı görmenin tek yolu bu yaşlı amcayla iyi geçinmekti.

"Suphi Bey'i bilir misiniz?" diye sordum umutsuzca.

Durdu, düşündü. Gözleri parladı. İlk kez gülümsediğini gördüm o zaman.

"Matematik öğretmeniydi değil mi? Karısı da... Neydi? Hah! Nevbahar Hanım."

"Nasıl hatırladınız? Ta kendileri."

"İki de evlatları vardı. Dur, bulacağım isimlerini", bir sandalye çekti, karşıma oturdu, "Hah! Ayşe. Neydi oğlanın ismi?"

"Orhan."

"Evet, Orhan. Çocuktu o zaman. Şimdi koca adam olmuştur."

"Tabii. Zaman uçtu gitti" diyebildim.

"E sen?"

"Ben gelinleriyim..."

"Çok güzel. Çok güzel. Hayatta mı peki?"

"Kim?"

"Kim olacak, kayınpederin?"

"Yok, epey oldu kaybedeli. Nevbahar Anne de sizlere ömür."

"Toprağı bol olsun ikisinin de. Bizim köye yıllar evvel bir yaz uğramış, çok sevmişlerdi. Sonra birkaç kere geri geldiler, soframıza oturdular, yedik içtik beraber. Emekli olunca daha çok geliriz deyip bir zeytinlik aldılar buradan. Bir defasında Suphi Bey tek başına bakmaya geldi, sonra da bir daha hiç uğramadılar."

"Siz biliyor musunuz bu zeytinliğin yerini?"

"Bilmem mi, ben sattım onlara orayı. Kırk yıl önce. Ben öyle herkese toprak satmam. Ama çok kanımız ısındı onlara, ailece tanış olduk."

"Tesadüfün böylesi! Buradan yürüyebilir miyim peki oraya?"

"Yürürsün, yarım saat kadar sürer. Suyu takip et. Seni bir çeşmeye çıkaracak. Çeşmenin arkasındaki zeytinlik, kaç dönümdü hatırlamıyorum, yalan söylemeyeyim şimdi ama herhalde yüz kadar ağaç var orada, senin kayınpederin mülkü orası işte. Ama dönüşte yine beni bul. Kal, misafirimiz ol."

"Sağ olun. Karavanla geldim ben. Kalacak yerim var yani."

Dışarı baktı. "Bununla mı geldin bütün yolu? Gidiyor mu bu?"

"Gidiyor, amcacım, gidiyor. Biraz ağırkanlı ama beni buralara kadar getirdi, sağ olsun."

"Bir de içinde yatıyorsun bunun, öyle mi? Üstüme iyilik sağlık."

"Öyle."

"Gençlik işte. Gençken insan böyle şeylere daha kolay cesaret ediyor. Aferin. Aferin" dedi boş bardağı alıp ocağın arkasında kayboldu, oradan seslendi, "yürüyeceğin yol bazı yerde suyun öbür tarafına geçirir seni, sığdır ama, geçmesi kolaydır, kayboldum sanma."

Ayşe'ye bir mesaj attım:

Ayşe canım, köyü buldum. Bugün bizim zeytinliğe bakacağım. Yarın da dönüş yolu. Özledim sizi. Evi de özledim.

Bu son yazdığımdan emin değildim.

Suyu takip ettim. Bana yolu tarif eden yaşlı adamın bu coğrafyaya alışık köylü adımlarıyla muhakkak yarım saat sürecek yol, benim odadan odaya gezmek dışında pek yol kat etmemiş adımlarımla bir saati buldu. Dediği gibi birkaç defa derenin öbür yanına geçmem, bunun için neredeyse bazı yerde dizime kadar suya girmem gerekti. Nihayet çeşmeyi bulduğumda yorgunluktan bacaklarım titriyordu. Kalan son enerjimle çeşmenin arkasına tırmandım.

Zeytinlik şimdi tam karşımdaydı. Birkaç adım atıp ağaçların içine girdim. Öyle gerçek, öyle yaşayan bir şeydi ki etrafımı saran ağaç topluluğu, yaşlısıyla genciyle handiyse bir kabileydi beni karşılayan. Birkaç adım atmak aralarına katılmama yetti, hiç zorlanmadan, anında onlardan biri oldum. Nasıl olur da gelinmezdi bunca yıl buraya? Dünyanın merkezi burası olmalıydı. Orhan'ın bana buradan bahsetmediğine inanamıyordum.

Bir dinozorun gölgesine oturdum.

Buranın yazı bizim oraların yazına benzemiyordu pek. Burada yaz, sıcağıyla ısırıyor ama yamaçların rayihasıyla denizin serinliğini buluşturan bir esinti muhakkak insanın imdadına yetişiyordu. Belki durduğun yerden denizi görmüyor ama onun hemen şurada, az ötede, şu ağaçların arkasında, şu tepenin ardında bir yerde olduğunu biliyordun. Rüzgâr, denizi her yere taşıyordu. Karayla denizin bu umutlu yakınlığı, havada ne olduğunu tarifleyemeyeceğim bir titreşim yaratıyordu. Her şeyin tam ortasında, hem içinde hem üstünde duran bir şeydi bu. Taş da ona dahildi, dökülmüş zeytin yaprakları da, beni saklandıkları yerden gözetleyen utangaç kertenkeleler de. Hepsi yan yana gelip seni bebek gibi kollarına alan kocaman bir kucağa dönüşüyordu. Onun tesirine kapılmadan, ona kendini bırakmadan, ondan ayrı orada durmak mümkün değildi. Beni de suyun kenarında yürümeye başladığım andan itibaren kendisine çekmiş, kucaklamış, bu kucaklanışla her adımda göğüs kafesimin içinde bir yer serpilmek, genişlemek ister olmuştu.

O esnada birinin beni izlediği hissine kapıldım. Derken bir çıtırtı duydum, birkaç küçük ayağın altında ezilen kuru zeytin yapraklarının sesiydi bu. Kıpırdamadan kendisini göstermesini bekledim. Önce gümüş rengi bir sırt parladı güneşin altında. Sonra haşmetli gövdesiyle karşıma dikilen bir yabani eşekle göz göze geldim. Beşerin hizmetine girmemiş, el sürülmemiş, lekesiz, katıksız varlığıyla önümde neredeyse egzotik bir hayvan gibi duran eşeğin güzelliği karşısında afalladım. Şimdi bir yunusun suya dalması gibi yeryüzüne dalıp az öteden toprağı köpürterek çıksa hiç şaşırmayacaktım. Öyle bir doğallık, aslına uygunluk içindeydi. Hemen sonra başka bir kımıltı daha fark ettim. Bu defa başka küçük ayaklar altında çıtırdadı kuru yapraklar. Tam o anda annesinden aldığı cesaretle saklandığı çalının arkasından çıkıp kendisini gösterdi. Yavrusu varmış meğer. Geldi, annesinin karnının altına girdi, burnunu bacağının içine yasladı, bakmadı bana hiç, orada durdu öyle. Anne dönüp kokladı yavrusunu, bana gösterdi.

"Ne mutlu sana" dedim sessizce.

Sonra dönüp ağaçların arasına daldılar birlikte, geldikleri yere döndüler. Çıtırtıları yavaş yavaş uzaklaştı. Yalnız kalınca yüzüstü yere uzandım. Ellerimi yastık yapıp alnımı koydum, karnımı toprağın karnına yasladım. Bir süre kaldım öyle. Yorulmuştum. Rüzgâr yanağımı süpürürken uykunun yavaş yavaş gelip beni kollarına almasına izin verdim.

"Türkan!"

Orada ne kadar o vaziyette uyudum bilmiyorum, bu seslenişe gözlerimi açtım.

Doğruldum. Dizlerimin üstünde oturdum. Etrafı dinledim. Bir süre çıt çıkmadı. Bekledim. Rüya mı görüyordum acaba?

"Türkan!" Yine aynı ses. "Burada mısın?"

Kalktım, sesin geldiği yöne doğru seslendim.

"Buradayım!"

Turuncu tişörtü göründü ağaç gövdelerinin arasında önce, peşine çıktı geldi.

"Yine ben!"

Karşımda daha bu sabah vedalaştığım Ulaş duruyordu. Sırılsıklamdı. Saçından, giysilerinden sular damlıyordu.

"Çok sıcaktı, dayanamadım, yüzdüm biraz. Aslında dereyi geçerken ayağım kaydı, suya düştüm, doğrusu bu. Hazır düşmüşken yüzeyim dedim. Su öyle iyi geldi ki!"

"İyi misin, Ulaş? Ne yapıyorsun burada?"

"Sizden sene geçmemiz çok ani oldu ama bunu hevesle bekliyordum, hoşuma gitti. Ben iyiyim. Sen nasılsın?" Cevap vermemi beklemedi. Etrafa baktı, burada olması dünyanın en normal şeyiymiş gibi, "Ne güzel bir yermiş, değil mi?" dedi.

"Ulaş burada ne işin var? Beni nasıl buldun?"

"Dur, anlatacağım. Bana verdiğin kitabın içinden bir mektup çıktı. Senin için özel olduğunu düşündüm. Bende kalsın istemedim. Yerini de kahvedeki abi söyledi."

"Ne mektubu? Kim yazmış?"

"Tamamını okumadım ama *canım* diye başlıyor, bana yazılmadığını düşünüyorum."

"Ben kimseye *canım* diye mektup yazmadım. Nerede bu mektup?"

"Benim karavanda. Aşağıda, köyde bıraktım yani. İyi ki de almamışım yanıma. Şu halime bakınca ıslanıp hamur olurdu cebimde."

Bir saatte çıktığım yolu tek kelime konuşmadan koşar adım, sulara bata çıka yarım saatte indik. Mektubu alır almaz açtım. Ulaş derhal ortadan kayboldu, kahveye kaçtı. Tek başıma bir duvarın dibine çöküp okumaya başladım.

Canım,

Ben de seni çok özledim. Önümüzdeki ay sınav ayı. Eğer iyi geçerse belki bu yaz bir aylığına geleceğim ama kalıp çalışmam gerekebilir. Okul çok zorluyor, bursu kaybetmemek için belli beklentileri karşılamam lazım. Ama mutluyum biliyor musun, zorlanıyorum ama çok mutluyum burada. Bu, benim hayatım boyunca hayalini kurduğum şey.

Karavan alacağını yazmışsın. Nefis haber. Bahsettiğin Ege turunu düşününce ben de heyecanlandım. Bu yaz belki gerçek olur. Umarım. Seninle kendimi uzun yolda hayal ettim. Uyuyacağımız kamp yerlerini. Yıldızlı geceleri. Sabah karavanda gözümü açmayı. Yüzeceğimiz mavi suları. Gün batımlarını. Kuşkaya'dan, Suphi Baba'nın zeytinliğinden bahsetmişsin bir de. Oraya bir bağ evi yapmak sahiden de harika fikir. Arada kaçacak bir yer. Çoluk çombalak tatiller. Dediğin gibi belki bir gün, canım, belki bir gün.

Bu akşam ders çıkışı tez danışmanımla bir buluşmam olacak. Eğer her şey yolunda giderse gelecek dönem tez aşamasına geçiyorum. Bunu ne kadar beklediğimi biliyorsun, fingers crossed.

Seni çok seviyorum.

Kisses & warm hugs.

xxx

Rüya

Mektubu okuyunca önce kendime üzüldüm. Kalbimi kâğıt gibi ikiye yırtan bir üzülmeydi bu. Bağırsam içimden çıkıp gitmez. Öyle büyük, ağır, kesif bir üzüntü. Rüya yıllarca benim olmadığım odalarda dolaşıp durmuştu. Ondan kalan tek şey yavruağzı berjer değildi. Belki bütün dağı koşmam lazımdı şimdi, bütün zeytinlikleri. Belki o zaman biraz ifade bulurdu içimde kaynayan sular. Ama hemen sonra, kendi üzüntümün bitişiğinde, Orhan'a üzüldüm. Onun bu karavanla, uçurtmasını elinden kaçırmış bir çocuk gibi kalakalışına üzüldüm. Bir evin arka odasında oturup bazı geceler günün ilk ışıklarına dek tek başına İlhan İrem şarkıları dinliyor oluşuna üzüldüm. Bu mektubun her köşesine sinmiş "dönmeyeceğim" mesajını görmemiş olabilir miydi? Bunu anlamamış mıydı sahi? Ancak bir kadın tarafından tertip edilebilecek bu sinsi terk edişi okuyamamış mıydı bu mektubun içinde? Belki de ancak ve ancak bir kadın görüyordu başka bir kadının uzaklaştığını. Uzaklaşmaya karar verdiğini. Bir erkek bir kadının gitmekte olduğunun ancak kadın gittiğinde idrakine varıyordu. İş işten geçtikten sonra. Belki de. Zavallı ben. Zavallı Orhan.

Kahveye girdim. Ulaş süt dökmüş kedi gibi köşe bir masaya pısmış, benden artık iletişim kurabileceğimize dair bir sinyal bekliyordu. Gittim, karşısına oturdum. Yüzüme bakamıyordu.

Kahveci geldi yanımıza. İki çay koydu masaya. Dönüp çay ocağının arkasındaki mağarasında kayboldu.

Normalde konuşmadan duramayan Ulaş sessizliğini koruyordu.

Ona hediye ettiğim kitap masada duruyordu. Kitabı aldım, sayfalarını çevirdim, bir şey daha arıyordum sanki, bir cevap, bir teselli. Bir "Aslında o iş öyle değil, sen yanlış anladın" mesajı. Ama her şey gün gibi ortadaydı.

Ulaş'a uzattım mektubu. Okudu.

"Bu mektubu yazan sen değilsin, mektubun yazıldığı kişi de sen değilsin."

Başımı salladım. "Dinlemek ister misin?"

"Anlatmak istersen..."

Her şeyi anlattım. Gözünü kırpmadan dinledi. Bir şey demedi. Ne desindi zaten? Ne denir ki?

Mektubu çekip aldım elinden. Kitabın arasına koydum yeniden.

"Ulaş, sen bu mektubu benim yanıma, yukarıya, zeytinliğin oraya gelirken niye almadın yanına? Sularda eriyip gidecekti mis gibi. Akıp gidecekti. Yok olacaktı. Hadi seni geçtim, peki ya ben ne diye gidip de bu kitabı aldım evden yanımda getirdim bunca yol? Kitap mı kalmamış dünyada!"

Kitabı tutup yere fırlattım. Düştüğü yerde bir tekme attım. Civar bir masanın altına, artık onu görmediğim bir yere kaçtı. Ulaş'a dönüp "Yüzmeye gidelim mi?" diye sordum.

Ulaş bende bir yaşam belirtisi görünce tuttuğu nefesini bıraktı. Büyük bir konunun içinden çıkmanın rahatlığıyla sıradan bir derde getirdi dikkatimi.

"Mayon yoktu yanlış hatırlamıyorsam."

"Çıplak yüzerim."

Gözünden geçen endişeyi gördüm. Bir kadının delirmişliğini tanıyor olmalıydı. Bulunmuştu orada daha önce.

"Olur mu hiç öyle? Olmaz sanki. Alırız yolda bir yerden bir mayo."

"Ulaş, şaka yapıyorum. Sence ben yolda tanıştığı birisiyle denizde çıplak yüzecek birine benziyor muyum?"

"Hiç benzemiyorsun, yalan yok."

Kahveciyle vedalaşıp, kapıya çıktık. Tam giderken arkamızdan seslendi:

"Suya biz Karaçam'dan gireriz. Köyden çıkınca merkeze doğru giderken küçücük bir tabela göreceksiniz sağda. Çok küçüktür ama, kaçırmayın. Oradan sapın. Beş dakika toprak yol. Yol bitince park edin. Gerisi yayan. Çamların arasından inilir suya." Adamın elindeki kitabı sonradan gördüm, havaya kaldırıp bize doğru salladı.

Ulaş benden bir tepki beklemeden koşar adım gidip aldı kitabı, direksiyona geçti, bana seslendi: "Hadi, denize!"

* * *

Kendi karavanını park eder etmez denizin kenarına koşup mini şortuyla bir süredir beni bekleyen Ulaş, ben nihayet pembe benekli, üzerime bir, belki de iki beden küçük, bu sebeple normal şartlar altında örtmesi gerekenden daha az şeyi örten mayomla çamların arasında belirince ıslık çaldı. Bir tulum peynirine de aynı derecede yakışırdı bu mayo.

"Köy bakkalından alınan mayoyla bu kadar oluyor, cancağızım. Abartmayalım" dedim.

"Bence gayet iyi durmuş. Zaten önemli olan ruh güzelliği."

"Bunu duymak beni çok rahatlattı. Sağ ol."

"Çok güzelsin, Türkan. Seni memnun etmek için söylemiyorum bunu. Bu benim kişisel görüşüm değil. Bana çok güzel görünüyorsun, demiyorum sana. Bir başkasının fikrine ihtiyaç duymaksızın zaten güzel olduğun gerçeğinden bahsediyorum. Ne kadar güzel olduğunu sen de bil diye söylüyorum."

Kulağımın hiç bilmediği, duymadığı sözlerdi bunlar. Güzel olmak veyahut güzel bulunmak fikrine hiç aşina değildim. Aynalarla aram pek iyi değildi. Olmamıştı. Baktığımda göreceğim şeyi beğenmek epey uzak bir ihtimaldi. Sanırım ondan. Ulaş'ın karşısında genç kız gibi kızardığıma emindim.

"Benden utanmıyorsun değil mi?"

"Yer yarılsa da yerin içine girsem dersem ne kadar utanıp utanmadığım anlaşılır sanırım."

Gülümseyip eliyle hadi yaptı. Suyun kenarına, yanına yürüdüm.

"Atlıyor muyuz?" diye sordu.

"Hayır, atlamıyoruz. Sen tabii istediğini yapabilirsin. Neden diyeceksin. Ben yüzme bilmiyorum. Bizim ailede yüzmeye gitmek diye bir şey olmadı hiç. Ben dağ bayır çocuğuyum. Çocukken birkaç kere dereye, göle girip çimmişimdir ama denizle hiç mesaim olmadı."

"Sorun yok. Beline kadar gir, keyfine bak" deyip balıklama daldı suya. Bekledim, bekledim, bayağı bekledim, nihayet epey uzaktan karabatak gibi çıkardı kafasını, dönüp bana doğru el salladı.

Yavaşça suyun içine girdim. Su belime gelesiye yürüdüm. Yüze yüze yanıma geldi.

"Benimle biraz açılmak ister misin? Seni tutabilirim."

"Buna hazır değilim pek. Biraz daha burada duracağım."

"Hadi ama! Durup ne yapacaksın? Görüyorsun ömür pat diye bitiyor. Senin de çok vaktin kalmış sayılmaz."

"Terbiyesiz" dedim. Güldük.

Beni yavaşça elimden tuttu, "Bırak şimdi kendini" dedi, ayaklarım yerden kesilinceye kadar beni suyun içinde yavaşça çekerek açığa doğru sürükledi.

Su iyice derinleşince ellerimi bıraktı, sadece tek eliyle karnımdan destekledi. Ben bu ani temasla telaştan batacak gibi olup da biçare azıcık çırpınınca sırtını döndü, "Sarıl boynuma" dedi.

"Korkuyorum galiba biraz."

"Biliyorum. Ben buradayım, korkma. Bırakmam seni."

Bir süre suyun içinde, ben Ulaş'ın sırtında, annesine sıkı sıkı tutunmuş gürbüz bir su samuru yavrusundan farkım yok o sırada muhtemelen, yavaşça açıldık.

Baştaki korkum birkaç dakika sonra azalıp yok oldu. Ona güveniyordum.

"Denizde yüzmek böyle bir şey miymiş?"

"Çok acayip değil mi?"

“Hayatta öyle çok şey yapmış biri sayılmam ama evet, bunu kaçırmışım resmen.”

Yüzmekle havada süzülmek arasında bir duygudaşlık olmalı diye düşündüm o an. Bu, kuşları ve balıkları akraba yapan şeylerden biri sayılabilir miydi? Kendini suyun kaldırma kuvvetine bırakmak, ve tabii Ulaş’a, ömrü boyunca yerçekimine maruz kalmış kanatsız bir canlı için ne büyük bir deneyimmiş. Bu tarifsiz hissi ilk kez tadıyordum. Muhtemelen uçmak da böyle bir şeydi. Ağırlığın ne olursa olsun seni kaldıran bir şeylerin olması. Tek şart kendini bırakmak. Hayatın kulağına biteviye fısıldadığı bütün “Sakın bırakma kendini!” nasihatlerine tezat. *Bırak bana kendini. Ben suyum, rüzgârım, taşırım seni.*

Sudan çıkıp, çamların altına uzanmış kurumayı beklerken “Yine bir yol ayrımı bizi bekliyor” dedim yan yana park ettiğimiz karavanları gösterip.

Artık Ulaş’la vedalaşıp eve doğru yol almanın vakti gelmişti. Öyle sanıyordum. Ayşe’nin karton kolileri evde beni bekliyordu. Bu işi daha fazla erteleyecek değildim.

“Seni özleyeceğim, Türkan.”

“Biraz maksadını aşan bir karşılaşma oldu bizimki, ne dersin? Sanki başta niyet ettiğimizden biraz fazla arkadaş olduk biz.”

Durdu, düşündü. Aklına gelen parlak bir fikirle yüzü ışıdı.

“Ne oldu? Niye öyle bakıyorsun yüzüme?”

Gülümsemesine bakılırsa bir planı vardı, yolun sonuna gelmemiştik daha, anlaşılmıştı.

“Hadi, Ulaş, bir şey söylesene.”

“Benim bir arkadaşım evleniyor, bu akşam düğünü var. Buradan iki-iki buçuk saat yol, benimle gelir misin?” dedi.

Eve dönüşümü ertelemek konusunda kişisel rekorumu kırmak üzereydim. Dönüş yoluna bir parkur daha eklenmişti. Şikâyetçi değildim. Yola çıktığımdan beri günler önümde yaprak yaprak açılmış, ben hiç alışık olmadığım bir plansızlık içinde, bir sonraki dakikanın beni nereye taşıyacağından habersiz, bir ömür beni alıkoymuş her şeyden uzağa adım atmaktan geri durmuyor, kendimi öylece suya bırakmanın hafifliğiyle sürüklenip duruyordum. Ulaş'a hayır demenin ihtimal dışı olduğu bir çatalın ağzındaydım yine.

"Gidip düğünü mü basalım, diyorsun, biz yandık siz yanmayın mı, diyelim?" diye sordum.

"Çok iyi fikir ama bence insan başına gelmeden anlamıyor. Bırakalım, kendi hikâyelerini yaşasınlar. Belki bu maya tutar, belli mi olur?"

"Dünyanın bin türlü hali var. Doğru diyorsun."

"Gelir misin benimle? Cevap vermedin hâlâ."

"Bir şartım var. Beni dansa kaldırmayacaksın. Buna söz verirsen gelirim."

Böyle bir şey duymayı beklemiyordu. Kaşlarını kaldırıp ellerini iki yana açtı, bu konuda daha fazla açıklama bekledi.

"Ben dans etmeyi bilmem hiç, hoşlanmam da. Sen de biraz ısrarı seven birisin, Ulaşcığım, bakma yüzüme öyle, öylesin, bunu bilmiyor olamazsın, eğer o kadar insanın içinde dans etmem için ısrar edersen çok utanırım."

Bütün çocukluğum ve gençliğim düğünlerde geçmişti. Kızların ve oğlanların epey şenlikli evlendirildiği bir yerde büyümüştüm. Kutlamanın belli bir olgunluğa ulaştığı bir anda bütün sandalyelerin boşaldığı, en yerinden oynamaz dediğim ağır abilerin bile piste fırladığı, parlak renkli kumaşlardan ve maşalı saçlardan yapılma insan yumağının içine dalıp kan ter içinde dans ettiği düğünlerimiz meşhurdu. Dans pistine ayak basmanın, sandalyemden kalkayım diye kolumdan çekiştirilmenin çok eski bir fobi olduğunu ona anlatmamın yolu yoktu. Dans pistlerinden korkuyordum. Bunu kime nasıl anlatayım?

"Tamam. Söz veriyorum. Yine de istersen şimdiden karar verme."

"Yok, yok. Hayatta olmaz."

"Denize girmek konusunda da başta pek gönülsüzdün, ama ben 'Hadi çıkalım artık' demesem çıkmaya niyetin yoktu."

"Çok güzeldi ama su."

"İşte ben de onu diyorum."

"Peki, 'Kim bu yanındaki yaşını başını almış hanımefendi, nereden buldun' demeyecekler mi? Beni nasıl tanıştıracaksın arkadaşlarına, merak ettim."

"Yolda buldum, derim."

"Yalan olmaz!"

"Geliyorsun değil mi?"

"Tamam. Buna da tamam. Ama dans etmem için ısrar yok. Söz verdin. Mahcup etme beni rica ediyorum, çok utanırım!"

"Söz yahu! Yarın da yakandan düşüyorum, bırakıyorum peşini, artık hiçbir konuda ısrar yok."

"Bak, bu iyi haber. Evim yurdum var benim. Beni de kendine benzettin, sokaklarda yatıp kalkıyorum günlerdir."

* * *

Nikâh merasimi bitmiş, yemekler yenmiş, kadehler ve dahi şişeler boşalmış, çocuklar sağda solda solmuş vazo çiçekleri gibi baygın, geriye dans pistinde salınan çakırkeyif küçük bir grup kalmıştık sadece.

Evlenen çift Ulaş'ın yazlıktan arkadaşıydı. "Birlikte büyüdük" diye anlattı. "Yazlık diskoda ilk kez öpüştükleri geceyi hatırlıyorum. Büyük olaydı aşkları. Derya iki yaz süründürdükten sonra nihayet tamam demişti Samet'e."

"Kaç yaşındaydınız?"

"Lise sona geçtiğimiz yazdı. On yedi yaşındaydık."

"Ne kadar istikrarlılarmış. Yıllara meydan okumuşlar resmen."

"Öyle. Bayağı badire atlattılar aslında. Samet üniversiteden sonra yüksek yapmaya Almanya'ya gitti. Orada iş de buldu, kaldı bir süre."

"Ama dönmüş."

"Aynen. Döndü. Ayrı duramadılar ki."

"Seviyorsa demek. Yoksa dönmezdi."

"Herhalde. Bıraktı oradaki işini gücünü, geldi. Bazen oluyor, bazen olmuyor."

"Şanslılarmış."

"Ve sabırlılarmış."

"Sabrın her zaman işe yarayan bir şey olduğunu iddia edemeyeceğim."

Ulaş'ın "Biraz yürüyelim mi?" teklifiyle kır düğünü maksadıyla düzenlenmiş süslü alanın dışına çıktık, bir domuz patikası bulduk, ormanın içine doğru yürüdük.

Üzerimde çiçekli bir yazlık elbise vardı. Hayatım boyunca hiç giymediğim ama yola çıkarken yanıma aldığım, düğüne ne giyeceğim diye kara kara düşünürken çantamın dibinde tesadüfen bulduğum bir elbise. İnsan başına gelecekleri gayet biliyor da ne kendine ne başkasına söyleyebiliyor bunu. Bilmiyormuş gibi yapıyor. Herhalde filmin sürprizi kaçmasın diye. Bu elbiseyi hangi ara çantama koyduğumu sahiden hatırlamıyordum. Ulaş da nihayet geyik bacaklarını sergilemediği kum rengi bir keten pantolon ve üzerine beyaz bir gömlek giymişti. Bu haliyle birkaç yaş birden büyüdüğünü, artık o kadar da anne babasına küsüp evden kaçmış bir ergen gibi görünmediğini ona söylemedim. Garip şekilde ikimizin de ayağında plastik parmak arası terlikler vardı. Bir düğün mekânına peş peşe iki karavanla vardığımızı düşününce, ayağımızdaki terliklerin pek haber değeri yoktu.

Geceleyin orman bildiğim bir yer değildi. Tabiatın bu saatlerde suskun, uykuda ve yatışmış olmasını beklerdim. Oysa şimdi içinde ilerlediğimiz, anbean bizi çevreleyen içtima öyle olmaktan çok uzaktı. Yaşam burada bir an durmamış, geceye mahsus biçimde son sürat devam ediyor, aralarında gezindiğimiz ağaçlardan, çalılardan ormanın bin gözü bizi seyrediyor, etrafımızda kanatlar, kuyruklar, yapraklar hışırdayıp duruyordu.

Ulaş ormanın kalbinde devrilmiş bir ağaç buldu, oturduk. Bütün gün suda debelenmiş, bütün gece dans etmiştim. Ömrünü bir pencerenin kenarında tüneyerek, bir salyangoz kabuğu gibi içe doğru kıvrıla kıvrıla yaşamış, kimsenin bir an olsun eğlenirken görmediği kırk sekiz yaşındaki ve yaşını fazla fazla gösteren Türkan'ın, o değişik mayoyla elleri buruşuncaya kadar sudan çıkmaması, aynı günün akşamına ilk kez tanıştığı insanların düğününe limon sarısı, nuh nebiden kalma bir karavanla gelip, poposu bir an olsun sandalye görmeden çocuklar gibi saatlerce hoplaya zıplaya dans etmesi bana da sürpriz olmuştu. Orhan'ın tam şu anda yukarımızdaki dallardan birinde tünemiş bir kukumavın gözlerinden bana bakıp güldüğüne emindim. Ama şefkatli bir gülmeydi bu, "Canım Türkan" deyip, başımı okşayan bir gülme. Dünya yanıp yıkılmış, enkazın içinde bir papatya açmış gülmesi.

Orada, o devrik ağacın üstünde oturup düğünün uzaktan gelen seslerini dinledik Ulaş'la. Büyük kutlamanın tantanasından kaçıp iki kişilik bir saklanma yeri bulmuştuk.

"Mutlu musun?" diye sordu.

Yüzüne baktım, "Evet" dedim hiç düşünmeden.

Elini uzatıp terden yüzüme yapışmış bir tutam saçı kulağımın arkasına koydu, "Yanakların kızarmış. İyice bir çocuğa benzedin şimdi, biliyor musun?"

"Gençleşme işini biraz abarttım galiba."

"Eğlendiğini gördüğüm için mutluyum."

"Bunu gören ilk insan olmak seni neredeyse bir kâşif yapıyor."

Tatlı kahkahası ormanın tekinsiz boşluklarını doldurdu. Cebinden telefonunu çıkardı sonra. "Senin böyle bir fotoğrafını çekebilir miyim?"

"İkimizi çekebilir misin yan yana?"

Kalktı. Telefonu uzakta bir taşa yasladı.

"Bekle" dedim.

Hayatım boyunca her sabah ilk iş ensemden aşağı sıkı sıkı ördüğüm saçımı çözdüm. Deniz tuzuyla yıkanmış saçlarım ağır bir kadife perde gibi döküldü aşağı. "Neden?" dese biri, "Durduk yere niye açtın örgünü?" diye sorsa, içimde kımıldanan küçük bir fışkına kulak verdim diyebilirdim belki; bir tohumun yağmur suyuyla şişmesi, uyuyan bir şeyin uyanmaya çalışması gibi bir tazelik dürtüsü kabardı içimde, bir tür yeşerme ihtiyacı duydum da ondan. Hiç durduk yere de değildi ayrıca.

Telefonu kurup koşarak geldi, yanıma oturdu Ulaş, elini omzuma doladı, Ege'nin güzelleştirdiği yüzlerimizde başkalarının havai fişekleri parlarken, birlikte bir fotoğrafımız oldu.

"Merasim içinde merasim" dedim fotoğrafa bakıp.

"Biz neyi kutluyoruz, Türkan?"

"Senin neyi kutladığını bilmiyorum. Kendimi biliyorum sadece. Ama anlatamam. Her şeyi anlatamam."

Fotoğrafı büyütüp kendime baktım. Omuzlarımdan aşağı, karnıma kadar inen kahverengi saçlarıma, yüzüme, yüzümde gördüğüm mutlu, halinden gayet memnun, gözlerinin içi gülen kadına. Kendimi günler sonra ilk kez görüyordum. Bu ben miydim sahi? O an başka bir kadın geldi aklıma. Orhan'la evlendiğimiz gün çekildiğimiz tek fotoğraf karesindeki kadın. Nikâhı beklerken biri çekmiş, evlendirme dairesinin bahçesinde bir bankta oturuyoruz, sıramızı bekliyoruz. Elimizde birer şişe meyveli gazoz var. Örgüm yerinde duruyor. Ben objektife bakıyorum, Orhan elindeki şişeye. Gülmüyorum, surat da asmıyorum, küçüğüm, çok küçüğüm, bir kadın değilim o sıra, upuzun bir ömrün umutlu bir durağında şaşkın bir çocuğum belki.

Orada oturup yan yana sustuk bir süre Ulaş'la. Yan yana susmaktan rahatsız olmadık.

Ulaş'ın onunla ilk tanıştığımız andan beri bana hissettirdiği, tam o anda içimde ışık ışık parlayan bir şey vardı, benim için yeni bir şeydi bu. Görülmek. Ulaş benimleyken her an beni izliyor, beni duyuyor, bütün dikkatini bana veriyordu, kendisini bütün varlığıyla birlikte yan yana durduğumuz ana dahil etmeyi başarıyordu. Herkesin önünden geçip gittiği bir şeye durup yakından bakar gibi bakıyordu bana. Beni tanımak, bilmek istiyordu. Bu kadar göz önünde olmaya, biri tarafından varlığımın bütün yönleriyle bu kadar net kabul görmesine, bu kadar kapsanmaya alışık değildim. Ama o, bütün bunları o kadar beklentisiz, o kadar şefkatli ve müdahalesiz bir yerden yapıyordu ki, bu sonsuz mühimseme, bu cömert kucaklayış karşısında kendimi saklayamıyordum. Bir kedi gibi, sırtüstü yatıp ona karnımı açıyor, beni sevmesine izin veriyordum. Korkmuyordum bundan, utanmıyordum da. "Beni boş ver" diyemiyordum. Bunu pek beceremediğim gibi galiba becermeyi de o kadar istemiyordum.

İlk kez biriyle hemzemin bir dostluk kurmuş, bu eşitlik sayesinde kendimi dünyaya ilk kez sakınmasız bir lisanla izah etmeyi tecrübe etmiştim. Sahici bir karşılaşmaydı bizimki, birinin diğerine muhtaç kaldığı, birinin diğerine emanet edildiği, birinin diğerine razı geldiği bir ilişki değildi. Ben eskiden sandığımın aksine, herhangi bir yere ilişmeden, herhangi bir toplama ilave edilmeden de mevcutmuşum meğer. Bunu bu kısacık sürede ilk kez Ulaş'ın gözünden görmüştüm. Bu geçişte kendimde gördüğüm bir sürü yeni şeye şaşırıyor ama en çok daha önce hiç tanıklık etmediğim bir duygunun doğuşunu hayranlıkla seyrediyordum: Hayat beni gözetiyor ve ben bunu hak ediyorum.

Evrenin hikâyeyi hikâyeye bağlayan görünmez ipleri ikimizi birbirimize bir şekilde teğellemiş, günler uç uca eklenip, bizi ormanın orta yerinde devrilmiş ama bu haliyle bile kim bilir kaç milyon canlıya yuva olmaya devam eden kurumuş bir ağacın üzerinde yan yana koymuştu. Ölümün ve aynı anda hayatın da kenarına tünemiş iki gece hayvanıydık tam şu anda. Bir daha dönüp baktım Ulaş'a. Gökyüzüne çevirmişti yüzünü. Saf ruhlu, güzel kalpli, canım Ulaş. Kırmadığı bir şeyi tamir ediyor, açmadığı bir yarayı sarıyordu ama bunu muhtemelen bilmiyordu.

"Bak" dedi. İşaret ettiği yere baktım. Yukarıda, ağaçların en yüksek dallarının göğe değdiği yerde bir yıldız tarlası uzanıyordu.

"Samanyolu, onu tanıyorum" dedim, "annemin Türkçesiyle kehkeşan. Muhteşem değil mi?"

"İnanılmaz. Gökyüzünde görüp görebileceğin en güzel şey."

"Çocukken yazları köye giderdik. Anneannemin köyüne. O yaşlarda niyeyse çok sık kâbus görürdüm, her defasında terler içinde uyanıp pencereyi açar, gökyüzünde onu arardım. Samanyolunun oradaki varlığı beni teselli ederdi. Onun kocamanlığı içinde benim küçücüklüğümü muhafaza eden bir şey vardı. Orada, anneannemin kerpiç evinin o küçük misafir odasında, pencerenin denizliğinde oturur, uzun uzun onu seyrederdim. Yanımdaki yatakta uyuyan annem nihayet tıkırtılarıma uyanır, kenara kayar, bana duvar tarafında yer açıp, 'Gel' diye fısıldardı. Gidip her nasılsa tam benim şeklimi alan kucağına sokulurdum. Annem o zaman, 'Ben buradayım, merak etme' derdi, 'tamam, geçti.' *Ben buradayım.* Bir gün yaşlanıp hafızamı yitirecek olsam bile asla unutamayacağım şeylerden biri de bu olacak sanırım. Annemle köyde, yer yatağında yan yana uyuduğumuz o yaz geceleri. Uzakta havlayan köpekler, gece boyu eşini arayan cırcır böcekleri, kirece boyalı duvarın pütürlü yüzeyi, annemin beyaz yastığa dağılmış, sadece geceleri açtığı uzun, upuzun saçları. Bazı şeyleri unutmak pek mümkün değil."

"Anneyi unutmak galiba, asıl mümkün olmayan şey bu."

"Senin annen yaşıyor mu?" diye sordum.

"Yaşamıyor" dedi.

"Küçük müydün?"

"Evet" der gibi başını salladı.

Burası Ulaş'ın girmek istemediği bir yerdi, tam orada eşikte durdum, kapıyı zorlamadım.

Terliklerimi çıkarıp ayaklarımı yumuşak orman toprağına bastım; kim bilir kaç mevsimin yaprağı, kuru otları, aşınıp dağılmış ağaç gövdeleri, ölü böcek kabukları, ufalanmış kuş kemikleri, çakılı, kumu, tuzuydu bu. Hafifçe eşeleyip ayak parmaklarımı serin toprağın içine gömdüm. Gözlerimi kapadım. Derin bir nefes alıp, yavaşça bıraktım.

Bir an sonra cılız bir ses duydum içimde. *Her şey mümkün.* Kime ait olduğunu bilmediğim bir ses. Ne erkek ne kadın. *Her şey mümkün. Çıkabilirsin buradan. Buna gücün var.*

Ayağa kalktım.

"Haydi, dönelim artık, arkadaşların merak etmesin bizi."

Ben önde, Ulaş arkamda, dans pistinin uzakta yanıp sönen ışıklarına doğru yürüdük. Ormanın karanlık tünelinde, birbirimizin peşi sıra, dünyaya doğru.

Bir an durdum, arkamı döndüm, "Ulaş, bu gece benim yanımda uyur musun?" diye sordum.

Sorum onu anlık bir hayrete düşürdü ama hazırcevap biriydi, hızlıca toparladı:

"Beni öpmeyeceğine söz veriyor musun?"

Hazırcevaplılık konusunda ben de fena sayılmazdım.

"Veremiyorum. Duygular insanı bir anda ele geçirebiliyor."

O gece sarı kızın içinde yan yana uzandık Ulaş'la. Günün ilk ışıklarına, iki dünyanın birbirine dokunduğu şafak vaktine, kuşların korosuna kadar konuştuk. İnsanlık tarihinin aynı coğrafyada birbirine yakın zamanlarda dünyaya getirdiği iki arkadaş olarak orada uzanmış yatarken onu tanıdığım için ne kadar şanslı olduğumu düşündüğümü hatırlıyorum. Yeşeren, yeşerten bir duyguyla göğsümün dört koldan genişlediğini...

Bir de şunu hatırlıyorum: Bana heyecanlı heyecanlı bir şey anlatırken uzanıp onu öptüğümü. Kalbimin bu temasla bir anlığına ışıldadığını. Pelür kâğıda sarılı narin bir eşyayı uzatır gibi bir öpüştü bu. Karşılık beklemeyen, ne önü ne arkası, ne berisi ne gerisi var, uzay boşluğunda, hiçbir düşünceye, isteğe, arzuya, dünyevi plana iliştirilmemiş, kendi halinde, akılsız fikirsiz, küçük bir buse. Bir kitabın arasında kurutulmuş bir süsen yaprağı. Gelip uzun bir cümlenin sonuna konmuş ufarak, mavi bir sinek kuşu. Bu hamlenin onu da, beni de ne kadar şaşırttığını da hatırlıyorum. Çünkü bir şeyin kaçınılmaz olması onu daha az şaşırtıcı yapmıyor.

Kocaman gözlerini açarak, "Bunun konumuzla ne alakası var, Türkan?" diyebildi sadece.

Sonra güldü. Güldüğünü görünce rahatladım.

"Teşekkür ederim, Ulaş."

"Ne için bu teşekkür şimdi?"

"Delirdiğimi düşünüp kaçmadığın için... Böyle bir günün sonunda seni kaçırmak, isteyeceğim son şey olurdu."

"Sen ne yaparsan yap, beni kaçıracak bir şey yapamazsın. Bu bir. Biraz delirmekten kimseye zarar gelmez. Bu da iki. Akıllı gezdiğin yıllara saysınlar. Haydi, şimdi uyu. Güneş doğuyor."

Gözlerimi kapatıp uykuya teslim olmadan hemen önce sorduğum soruysa uzun zaman asılı durdu havada.

"Neredeyiz biz, neden evimizde değiliz?"

Birkaç saniye sonra uykusunun içinden konuştu Ulaş, "Buradayız, Türkan. Bak, buradayız."

* * *

Ertesi gün gözümü açabildiğimde güneş çoktan en tepeye tırmanmıştı. Elbisemle uyuyup kalmışım. Örgüden kurtulmuş saçlarımla akşamdan kalma bir Rapunzel olarak havası bitmiş, fırına dönmüş bir karavanın içinde kapana kısılmış vaziyetteydim. Kan ter içinde doğruldum. Ulaş'ı hatırladım birden. Benden önce uyanıp çıkmış. Pencereyi açtım. Baktım, çok da uzaklaşmamış, benimkinin hemen yanına park ettiği karavanının gölgesinde kendine bir yer bulup oturmuş, kitap okuyor.

"Nasıl, sevdin mi?"

"Güzel kitapmış aslında."

"İyi bari. O kadar yol boşuna taşımadığıma sevindim. Eee, ne diyeceğim sana... Mektup içinde mi hâlâ?"

"Mektup yok artık. Eridi gitti. Ben bir görev insanıyım. Bana bir şey bir kere söylenir."

"Nerede eridi... Hangi ara..."

"Yanıtı kimsenin işine yaramayacak kifayetsiz sorular bunlar... Boş ver."

Gayet ciddiydi. Onda biraz komik duran bir ciddiyetti bu. İstifini bozmadan son sürat konuyu değiştirdi: "Kahvem var, içer misin?"

"Ulaş, ben sana bir şey diyeceğim..."

Aynı ciddiyeti koruyarak kafasını kitaptan kaldırıp yüzüme baktı.

"Ben kahve içmiyorum."

Bunu duymayı beklemiyordu. Dayanamadı, kahkahayı koyuverdi. Birden yine tanıdığım Ulaş oldu.

"Biliyordum ya! Nasıl anlayamadım ben bunu! Ne içersin sen peki?

"Çay."

"Çok mantıklı."

"Bu arada ben birazdan yola çıkıyorum. Artık gerçekten eve gitmem lazım."

"Geldi mi vakti?"

"Geç bile kaldım."

"Ama bu defa giderken telefon numaranı ver, olur mu? Belki lazım olur."

Göz kırptım.

Karavanın ne kadar penceresi varsa açtım. İçeriyi havalandırdım. Yatağı topladım. Saçlarımı yeniden ördüm. Ulaş'ın getirdiği çayla biraz kendime gelince vakit kaybetmeden direksiyona geçtim.

Ulaş dikiz aynasında küçülüp küçülüp sonunda yok olana kadar el salladı arkamdan.

"Hoşça kal, Ulaş. Yine görüşeceğiz."

* * *

Mahalleye vardığımda güneş çoktan batmıştı. Eve uğramadan geceyi yine otoparkta, karavanda geçirdim. Sabah Ayşe gelesiye kadar yukarı çıkmadım.

O gelir gelmez iki kadın kolları sıvadık, gece geç saatlere kadar, insanüstü bir çaba sarf ederek, başka güne bırakırsak erteleriz endişesi ağır basmıştı sanıyorum, bir günde evi ayağa kaldırdık. Evdeki her şeyi ama her şeyi kolilere doldurduk. Arada oturduk, ağladık. Sonra çay yapıp, Orhan'ın bir çekmeceye çok önemli bir şeymiş gibi sakladığı saçma şeylere güldük. Bir ara Levent kapıcının oğluyla yardıma geldi, büyük eşyaları da onlarla hallettik. Koltuklardan dolaplara, halılardan su bardaklarına, beyaz eşyadan kitaplara varasıya, ne var ne yok depremzedelere ev kuran bir yardım derneğine bağışladık. Gelip aldılar kamyonla her şeyi. Hamalların eşyaları arabaya yüklerken apartmanın girişinde unutup, benim fark etmemle son anda kamyonun arkasındaki yığının en tepesine ayakları göğe bakacak şekilde bağladıkları yavruağzı berjere camdan el salladım. Git artık, git, bırak yakamızı allasen, bu neyin inadı?

Bir tek çocukluk fotoğraflarını ve Orhan'ın gözlüğünü almak istedi Ayşe. İtiraz etmedim. İnsanın bazen bir şeylere tutunması gerekebiliyor.

Ertesi gün karavanı satılığa çıkardım. Birkaç gün sonra birileri bakmaya geldi. Yeni sahipleri genç bir çift oldu. Birkaç haftaya evleneceklermiş. Karavanı önce gelin arabası yapacaklarmış, sonra da Ege'yi dolaşacaklarmış. "Ne güzel fikir" dedim. Canım sarı kız sonunda kaderini yaşayacak diye sevindim. Onları yolcu eder etmez nalbura gidip on beş kilo boya aldım. Evi tek başıma beyaza boyadım. Kolay iş değilmiş, iki gün hiç uyumadan hem ağladım hem boyadım. "Galiba yapamayacağım" dediğim anlar oldu, biraz ağlayıp yine devam ettim. Pes etmedim. Ayşe'yle Levent yardım etmeyi teklif ettiler, "Tek başına bitmez koca evin boyası" dediler, "Olmaz" dedim, anladılar halimi, kurcalamadılar. Kapıya yiyecek içecek tepsileri bırakıp, zili çalıp çalıp kaçtılar.

İşim nihayet bittiğinde ev artık başkasının evi olmaya hazırdı, vakit kaybetmeden kiralık ilanı verdim. Haftasına başka bir genç çift gelip tuttu evi, erkek olanın bizim liseye tayini çıkmış, matematik öğretmeniymiş, kadın da hamileydi. Evi gezerken Orhan'ın odasına girince "Burası çok güzel çocuk odası olur" dedi. "Olur" dedim, "ben de öyle düşünmüştüm" dedim. Anahtarı hemen o gün kendilerine teslim ettim, "Kontratı kardeşim Ayşe'yle yaparsınız" deyip, ikisini öylece evde bırakıp, antrede beni bekleyen iki bavulla sahanlığa çıktım, kapıyı arkamdan sessizce kapadım. Ben bir süre hareket etmeyince apartmanın ışığı söndü.

Bu eski evde bir sürü şey oldu. Ve aslında hiçbir şey.

Bir adım attım, ışık beni algılayınca yeniden yandı, aşağı indim. Otobüs terminaline gitmek üzere bir taksi çağırdım duraktan. Yolda Ulaş'a mesaj attım:

Evi kapadım. Ben İstanbul'a geliyorum.

Ulaş derhal cevapladı:

Ah, benim canım. Vardır bir bildiğin. Ben İstanbul'da değilim. Bir ara geleceğim. Ali Abi'ye git lütfen. O her şeyi halleder. Numarasını yolluyorum.

Gerçekten de Ulaş'ın dediği gibi oldu. O akşam Kadıköy Rıhtım'da otobüsten inmemle hayatımın, Ali'nin her şeyi hallettiği bir dönemi başladı.

* * *

"Türkan!"

Otobüsün İstanbul'a varışını akşam saatlerine denk getirmiş olmam çok iyi bir fikir değilmiş. Gişelerden geçer geçmez anladım. Kadıköy'e varıp da kaldırıma adımımı atar atmaz kendimi dalgalı bir denizin içinde buldum. İnsanlar sağımdan, solumdan, üstümden ve neredeyse içimden geçmeye çalışırken ellerimde bavullarım bir süre yürümekten vazgeçip, sadece batmadan suyun üzerinde durmaya uğraştım.

Uğultunun içinde adımın seslenildiğini duyduğumda bir filikanın beni nihayet fark ettiğine şükredip sese doğru yüzdüm. Uzaktan önce havada sallanan bir el gördüm, yaklaştıkça sureti parça parça tamamlanıp görünür oldu, etrafımı kuşatan insan yığının içinde iki gülümser göz bulup tutundum.

"Ali?"

"Benim. İyi ki mesajında yeşil bir elbise giydiğini yazmışsın, yoksa biraz zor bulurdum seni. Hoş geldin. Bu saatlerde biraz böyle buralar. Gel, kaçalım hemen şu ara sokaktan."

Bavullarımı aldı, bir şey dememe fırsat vermeden o yöne doğru seğirtti, ben de arkasından bata çıka onun adımlarını takip ettim. Nihayet ana caddeye göre nispeten tenha bir sokağa sapıp durdu, dönüp, "Arabayı iki yukarı sokağa bıraktım, biraz daha yürüyeceğiz, aç mısın?" diye sordu.

"Değilim ama bir bardak çay iyi olurdu."

"Çay kolay. Direkt atölyeye götüreyim seni. Buradan bir kurtulalım da!"

"Çok iyi olur."

Kadıköy'ün beni gelir gelmez biraz çırpalayan doludizgin sularından sonra, sadece on dakikalık bir araba yolculuğuyla ulaştığımız Çiçekçi, bambaşka bir ruh haliyle karşıladı beni. Sakin sokakları, bitişik nizam alçak binaları, perdeleri açık pencereleri, çiçekli yüksek girişleri, Ali'nin atölyeye varasıya hatırı sayılır bir kısmıyla selamlaştığı semt sakinleri, ana cadde boyunca uzanan küçük dükkânlarıyla burayı seveceğimi gelir gelmez hissettim. Çiçekçi benim ilk İstanbulum oldu. İstanbul'un kalbimde halka halka yayılması buradan başladı.

Ali'nin atölyesi ana caddenin sonundan denize inen yokuşlardan birinde, bir apartmanın en alt katında bir dükkândı. Yol boyunca pek konuşmamıştık ama apartmanın önüne gelince Ali durdu, eliyle sokağın sonunu gösterip "Bak" dedi.

Sokağın sonunda o ana kadar fark etmediğim, akşamın anbean koyulaşan lacivert gölgelerinin ortasında elmas bir kolye gibi parıldayan tarihî bir yapıyı gösteriyordu.

"Neresi orası?"

"Ayasofya."

"Suyun öte tarafı değil mi orası?"

"Aynen."

"Buradan görünmesi hiç beklediğim bir şey değildi."

"İstanbul'un yokuşları sürprizlerle doludur. Nereye çıkacağını, nereye bakacağını, sana ne göstereceğini kestiremezsin kolay kolay."

İstanbul'a ilk gelişimdi. Kuşkusuz yüzlerce, belki binlerce görüntü vardı aklımda. Ama dünya gözüyle ilk kez görüyordum Boğaz'ın sularını ve Ali'den sonradan öğrendiğim adıyla tarihî yarımadayı. İstanbul merak ettiğim bir yer olmamıştı hiç. Ulaş'la tanışana kadar da bir gün giderim dediğim bir şehir değildi. Ama dar bir sokağın sonunda gördüğüm bu ışıklı resim görkemli bir karşılama olmuştu. Biraz yerime alışınca her fırsatta vapurla Eminönü'ne geçip bu resmin içine girecek, suyun en çok karşı yakasını uzun uzun yürüyecek, İstanbul'la geç tanışmamızın hesabını sokak sokak verecektim. İstanbul ben yürüdükçe ayaklarımın altında katman katman açılacak, her yeni günde beni biraz daha çorbasına katacak, ne kadar gezersem gezeyim hayretlerim hiç tükenmeyecek, her keşif içimde doğurduğu yeni bir evren, yeni bir hayat bulmanın merakıyla sonrakini mecbur kılacaktı. Günlerce, aylarca gezecektim İstanbul'u. Bazen tek başıma, bazen Ali'yle. Bu yorgun, biraz da yaşlanmış ama kalbi hâlâ genç şehirde yeni bir Türkan bulacaktım.

Ali kapıyı açtı, içeri girdik. Işıkların yanmasıyla kendimi dünyanın en tertipli, en temiz atölyelerinden birinde buldum. Dışarıdan göründüğünden çok daha büyük, duvarlarla hiç bölünmemiş, alabildiğine geniş bir odaydı burası. Odayı çevreleyen duvarlar tavana kadar raflarla, raflarsa üzerlerine etiketler yapıştırılmış bir örnek kutularla doluydu. Yerde, tezgâhlarda, masanın birinde bir tanecik olsun muhafazasından kaçmış, unutulmuş bir vida bile yoktu. Her yer tertemizdi.

"Buyur," dedi Ali bir oturma grubunu gösterip. "Burası da bizim atölye. Ulaş anlatmıştır belki."

"Anlattı. Ne kadar hoş bir yermiş. İnanılmaz bir emek var burada, hiç böyle bir yer beklemiyordum."

"Düzeni severiz biz" dedi. Sonra mutfağa yönelip "Çay demliyorum" dedi.

Ne zaman sonra bir tepside iki bardak çay, bir tabakta birkaç parça bisküviyle geldi, karşıma oturdu.

Ali'yi daha yaşlı biri olarak hayal etmiştim. Karşımda benimle aynı yaşlarda, Ulaş kadar olmasa da boylu boslu, gayet dinç ama Ulaş'ın coşkun enerjisine kıyasla epey durgun, sessiz, kelimeleri etrafa saçmadan dikkatlice kullanan, dolayısıyla ne diyecek diye beklediğin, her dediğini özenle dinlemeye mecbur hissettiğin, konuşurken farkında olmadan kendine çekidüzen verme ihtiyacı duyduğun biri vardı. Ciddiydi, pek gülmüyordu. Ulaş'ın da dediği gibi, kendisini dünyadan gizler bir hali vardı ama yine de bana, bir otobüs yazıhanesinin önünde karşıladığı bu yabancı kadına elinden geldiğince candan davranıyordu. Şimdilik yabancıydık ama bir yandan değildik de. Sanırım bu duyguyu yaratan şey aramızda Ulaş gibi bir tanışıklık vesilesinin oluşuydu. İkimiz de onun çemberine dahildik; benim için de, Ali için de bu ilk karşılaşma belki de sırf bu yüzden birbirine o kadar da uzak iki insan arasında gerçekleşmiyordu.

Konuşmaya nereden başlayacağımızı bilemeden bardakları yarılayana dek bir zaman oturduk öylece.

"Ulaş senden çok bahsetti" dedim. Bir sohbet konusu açabilmenin hayaliyle.

"Deli oğlan" dedi, durdu, sakalını okşadı, "nasıl, iyi mi? Uzundur görmedim. Her gün arar ama... Atlamaz hiç."

"Gayet iyi. Yani, öyledir herhalde. Biz de bir kampta tanıştık" dedim.

"Biliyorum. Anlattı. O da senden bahsetti bana."

Ne kadar bahsetmiş olabileceğini, hakkımda ne demiş olabileceğini düşündüm. Ulaş'ta nasıl bir intiba bırakmıştım acaba? Beni Ali Abisine anlatmıştı. Kimdim onun için? Nasıl biriydim? Ya Ali, şu anda hakkımda ne biliyordu, ne kadarını biliyordu? Karar veremedim. Biraz da utandım sanırım. "Yaaa" diyebildim sadece.

"Çok güzel insandır Ulaş. Çok severim. Özledim eşeği."

"Sevilmeyecek gibi değil ki. Biz de ahbap olduk kısa zamanda."

"Zor zamanlar geçirdi ama bakalım çıkacak mı oralardan..." Bir cevap vermemi beklemedi. "Gelince anlarız" diye devam etti. Sonra kalktı, arkada o ana kadar görmediğim, perdeyle ayrılmış bir bölmeye yürüdü, perdeyi açıp, arkasını gösterdi.

"Burası Ulaş'ın odası. Dükkânda kalıyordu bir süredir. Burada kendine yer yaptı. Şimdi de senin. Biz konuştuk Ulaş'la. Bazı şeylerden haberdarım. İstediğin kadar kal. Sonra bakarız duruma göre. Ne yapmak istiyorsun, bir düşün. Acelen yok. Her şey tertemiz, nevresimleri hep yeni serdim, rahat rahat uyu. Ben sabah 9 gibi gelirim. Ev gibi değil burası tabii ama gördüğün gibi işte, fena sayılmaz, burada rahat edersin en azından bir süre" dedi.

Sonra kalktı, bir şey dememi beklemeden, masanın üzerine bir anahtar bırakıp, "Kapıyı arkamdan kilitlersin. Ha, az kalsın unutuyordum, banyo da şurada, mutfağı geçince. Sağdaki kapı. Ne gerekirse dolaplarda bulursun. Sabah görüşürüz. Ben kaçtım."

"Sağ ol, Ali, eksik olma" diyebildim sadece.

Ulaş'ın yatağına uzandığımda kendimi uzak bir ülkeye yeni bir yaşam kurmaya gitmiş bir genç kız gibi hissediyordum. Heyecanlıydım, korkuyordum, mutluydum, bir an sevinçten ağlayacak gibiydim, hemen arkasından dev bir özlem duygusuyla burnum sızlıyordu. Günler sonra bir çatının altında, gerçek bir yatakta uyumanın rahatlığıyla, içimdeki duygu fırtınasını Ulaş'ın yastığının altına kıstırıp, derin bir uykuya daldım.

* * *

O sonbaharı ve kışı ve takip eden başka mevsimleri İstanbul'da, Ali'nin yanında, atölyede geçirdim. Baktım kalıcıyım İstanbul'da, böyle demişti Ali, "Senin kalmaya niyetin var, pek gidesin yok buralardan, anlaşıldı" demişti, anlamıştı halimi, atölyenin alt sokağında bir artı bir, küçük bir yüksek giriş tuttuk bana. Hayatımda ilk kez geldiğim bir şehirde ilk kez kendi gönlüme göre düzdüğüm, en küçük eşyasına kadar her şeyine benim karar verdiğim, sıfırdan tek başıma kurduğum, sadece bana ait bir evim oldu. Hane nüfusunun benden ibaret olduğu, tastamam olmak için benden başka birinin varlığına ihtiyaç duymayan bir ev. Her şeyi yerli yerine koyup da evin ilk çayını demlediğim o kış akşamında, mutfak masasına oturup "Hah!" dediğimi hatırlıyorum, "hah! İşte, şimdi oldu." Başlarda, en çok geceleri, bu dünyayla öte dünyanın arasındaki sınırın yer yer şeffaflaştığı saatlerde miadını doldurmuş birtakım buruk duygular yoklamadı değil ama hepsi silinip gitti zamanla. Kök saldıkça alıştım, daha çok sevdim yerimi. Çok uzun zamandır sırtımda içi taş dolu bir çanta gibi taşıdığım yalnızlık hissi, yerini aynı yalnızlığın kumaşından büyük bir ferahlığa bıraktı.

Geçen zamanda Ayşe neredeyse her gün aradı beni. Zor sorular sormadı. Ben anlattım, o dinledi. Sesimde ne zaman tereddüt sezinlese "Gayet iyi gidiyorsun" dedi, "yapacağına inanıyorum." Hep yanımda olduğunu, orada bir yerlerde bir kız kardeşim olduğunu bir biçimde duyurdu bana. "Yapamazsan dönersin, dünyanın sonu değil, biz buradayız" dedi. Ama bir gün olsun umudu kesmedi benden. Dönmeyeceğime emindi. Sırtımdaki hayalî eli, telefondaki neşeli sesi, gönderdiği şarkılar, postadan çıkan küçük ev hediyeleri tuttu elimden. Onun uzak ama hemen yanımda hissettiğim varlığı olmasa bu kadarını yapabilir miydim bilmiyorum.

Eve çıkınca atölyedeki mesaim bitmedi. Ali beni bırakmadı, hemen haftasına çağırdı, "Durmak iyi gelmez sana" dedi, "yerleştiysen, koş, gel." Böylece her sabah kalkıp atölyeye gitmeye, bütün günümü orada geçirmeye devam ettim. Uzun zaman sadece seyrettim. Derken çayı demlemeyi kendime iş edindim, bir şeyin ucundan tutmak, bir işleyişin parçası olmak iyi geldi. Sonra bazı görevler vermeye başladı Ali bana. Başta basit gibi görünen bu görevler bir vakit sonra biraz daha dikkat ve tecrübe isteyen işlere dönüştü. Hiç aklımda yokken Ali'nin çırağı oldum, ondan ahşabı işlemeyi, alet edevatı kullanmayı öğrendim. Ali hiç bıkmadı anlatmaktan, bir gün olsun sıkılmadı benden, benim bitmez sorularımdan hiç kaçmadı. Anlattı, anlattı. Günlerim, bazen gecelerim Ali'yle atölyede, onu dinleyerek geçti. Bir de anahtar verdi bana, "Ödünç değil, senin hususi anahtarın bu" dedi verirken. Sabahları ondan önce gidip açtım dükkânı. Sobayı yaktım, çayı demledim. Ali'nin de kahveyle pek arası yoktu. Bir atölyede vakit geçirmekte, Ali'nin yanında, onun öğrencisi olmakta ruhuma iyi gelen, beni onaran, teskin eden, çoğaltan bir hal buldum. Ellerimle çalışmak bir zamandır aradığım şeymiş meğer, bunu üç ay önce hayal bile edemeyeceğim bir yerde, İstanbul'da, eski bir mahallenin denize inen yokuşlarından birinde, kapısı 537 yılından beri suyun öteki yakasında duran Ayasofya'ya açılan bir atölyede keşfettim.

* * *

Ulaş bir sene daha İstanbul'a uğramadı. Biraz orada, biraz burada dolaştı. Bir bahar akşamı yanında genç bir kadınla kapımı çalınca yolda aradığı şeyi bulduğunu, her neden kaçıyorsa ondan kaçmaktan vazgeçtiğini, artık eve döndüğünü düşündüm. "Zuhal" diye tanıştırdı yanındaki kadını. Mutfakta ikisine çay koyarken yanıma geldi, sarıldık, kulağıma “Baba oluyorum” diye fısıldadı, “şimdi biraz durma ve yerleşme zamanı.”

“Yeniden sevmene sevindim” dedim. Gözlerinde o zaman ne anlama geldiğini ikimizin de bilmediği, anlamak için hayatı biraz daha yaşamamız gereken bir gölgeyle gülümsedi. Aradığı ve bulduğu şey Zuhal değildi. Bunu ikimiz de sonradan öğrenecektik. Bu yeni aileye, bana komşu bir ev bulduk.

Mavi’yi ilk kez karlı bir aralık günü kucağıma aldım. Onunla o gün hastane odasında göz göze gelir gelmez, onun Ulaş ve Zuhal’e olduğu kadar bana da, benim hayatıma da geldiğini anladım. Onu tanıyordum. Mavi’nin de beni tanıdığına emindim.

Zuhal altı ay sonra çalışmaya başladı. Evde bir bebekle yalnız kalmaya, küçük bir çocuğun bakımını üstlenmeye, anne olmaya alışamadı. Mimardı, seviyordu çalışmayı, bırakmak istemedi. İstanbul’u da bir türlü sevememişti, Ankaralı’ydı, memleketini özlüyordu. Yaşını doldurunca Mavi’yi memeden kesip kendisine göre kusursuz bir zamanlamayla, aynen böyle demişti, Ankara’dan gelen bir iş teklifini geri çevirmedi, kızı, Ulaş’a ve açıkça söylemese de bana emanet edip çalışmaya döndü. Birkaç ay sonra Ankara’da kendisine bir ev açtı. Başlarda her hafta sonu gelirken zamanla ziyaretlerin araları açıldı. Derken Zuhal’in uzakta olmasını kimsenin tuhaf bulmadığı bir an geldi. Ulaş nihayet bir gün telefonda “Her hafta gelmeye mecbur değilsin, biz iyiyiz burada, merak etme, Mavi de halinden memnun” deyince bazı özel günlerde elinde kocaman hediye paketleriyle kapımızı çalmak dışında bir daha tam anlamıyla yanımıza dönmedi. Mutluymuş orada. Öyle demiş telefonda. “İstanbul’da yapamadım” demiş. Mavi’yi yanına almak konusunuysa hiç açmamış.

Mavi benim elimde büyüdü. Benim evim Mavi’nin ikinci evi oldu. Günlerini benimle geçirdi, geceleri bakımını Ulaş devraldı. Onunla küçük bir insanın yürümesine, konuşmasına, dünyayı parça parça anlamasına, yeryüzünde kendisine yer açmasına, körpe bir yaşamın her gün müthiş bir iştahla değişip dönüşmesine şahit oldum. Onun çocukluğunu kendi çocukluğumun ucuna teğelledim, mutlu bir çocukluk için asla geç değilmiş, zamanın uzak bir adasında onunla akran oldum. Onunla bahçelerde anlamsızca koşarak çemberler çizdim. İkimize öğle yemeğinde patates kızarttım. Yaz güneşinin ulaşamadığı serin arka odalarda yanına kıvrılıp onunla birlikte öğle uykularına daldım. Uyanıp balkonda karpuz yerken, karşı çatıdaki kumruları dinledim. Dizlerimin üstüne çöküp karıncalara baktım. Kimsenin gülmediği şeylere güldüm. Merak etmeyi, küçücük şeylere hayret etmeyi, üzülünce ağlamayı, durduk yere pat diye sarılmayı, sarılınca her şeyi unutmayı öğrendim. Mavi'yle hayat annenin sevgili çocukları olduk yan yana. Onun çocukluğunun içinden geçerken kendi çocukluğumun da içinden geçtim, bazı hikâyeleri yeni bir alfabeyle yeniden yazdım. Yeni hallerini daha çok sevdim.

Bir çocuğun sevmesi ne büyük, ne kapsayıcı bir şeymiş, ne eli bolmuş. Hiç takılmazmış hayatın tırı vırı engellerine. Bahanesi, şartı şurtu, hesabı kitabı yokmuş. En çok bunu hatırladım. Mavi beni sevdikçe ben kendimi daha çok sevdim. Çocuk gibi sevdim. Annemi sever gibi sevdim kendimi. Annem beni sever gibi sevdim. Yatıştım, avundum. Hayatımın en mutlu günlerini Mavi'nin çocukluğunda geçirdim.

Geçen zamanda Orhan bir gün olsun çıkmadı aklımdan. Onun başlarda içimi dalayan kırgın hatırası, yavaş yavaş yitirdi köşelerini, bir an geldi artık batmaz oldu. Odasının aralık kapısından koridora sızan sarı ışık, mutfaktaki tıkırtıları, evi gezen terlikleri gün gün bir sis denizinin içinde uzaklaştı benden ama hiçbir zaman görüş mesafemin dışına çıkmadı. Orhan, ben Mavi'yle yan yana yürürken, cebimde taşıdığım, ara ara elimi sokup, orada, avucumun içinde hissettiğim, artık keskin kenarlarını yitirmiş, aşına aşına parlamış, pürüzsüz, serin, saydam bir cam kırığına dönüştü. Onu hep yanımda taşıdım.

Mavi'ye uykudan önce Orhan'ı başkahramanı yaptığım hikâyeler uydurdum. Bazen Afrika'yı liman liman dolaşan bir açık deniz kaptanı oldu Orhan. Bazen bir kutup kâşifi. Bazen balta girmemiş ormanlarda nadir bir papağan türünün peşine düşmüş bir kuş gözlemcisi. Bazen uzayın derinliklerinde yaşam arayan bir astronot. Veyahut karavanla dünyayı turlayan bir gezgin. Bu sonuncu hikâye hep en sevdiği oldu Mavi'nin. O yanımda yavaş yavaş uykuya dalarken bir daha, bir daha anlattım sarı kızla Orhan'ın yolculuklarını.

Sonra bir gün büyüdü Mavi, okula başladı, kendi hikâyelerini anlatmayı öğrendi. Ben o zaman yeniden kendime kaldım. Atölyeye, Ali'nin yanına geri döndüm. Yıllardır tanıdığım, yıllardır her gün gördüğüm Ali'yi de işte ilk kez o zaman gördüm. Karşında duran insanı bir anda ışıklı bir harenin içine alan bir gözümüz var ya, işte o gözle gördüm onu. İlk kez o zaman göründü Ali bana. Elli beşinci doğum günümde maaile gittiğimiz pikniğe kadar günlerce içimde büyüyen bir yalımla uzaktan sessizce seyrettim onu. Böyle bir fark edişle tam da ne yapacağımı bilmediğimden. Hayatta bildiğim en iyi şey birini uzaktan sevmek olduğundan. Neyi beklediğimi tam da bilemeden, bekledim. Meğer sessizce bekleyen bir ben değilmişim.

* * *

Ulaş, Mavi, Ali. Hep birlikte arabaya doluşup Saklıgöl'e pikniğe gittik o gün. Ayşe de gelmeyi çok istediyse de Levent düşüp ayak bileğini incittiğinden onu o halde bırakamadı. Ama canım kardeşim kırmızı zambaklar yollamış evime, tebrik notunda yeni yaşımda aşk dilemiş bana, güldürdü beni sabah sabah.

Bütün öğleden sonrayı suyun kenarında geçirdik. Ali o gün benim için özel olarak mutfağa girmiş, pek becerikliydi bu işte de, dünyanın mezesini hazırlamış, küçük bir yaş pasta bile yapmıştı. Bir çemberin merkezinde olduğum, sarıp sarmalandığım ışıl ışıl bir gün geçirdik hep birlikte.

Toparlanmaya yakın Mavi, kurbağalara bakmak için gölün kenarına yürümek istedi. Ali ve Ulaş ona katılınca yalnız kaldım. Uzaktan kurbağaların sesleri geliyordu. Uysal bir temmuz akşamıydı. Yaz, alevli saatlerini yitirmiş, güneş bütün gün ortalığı kavurup, nihayet portakal rengi uslu bir topa dönüşerek ufuk çizgisinde eriyip gitmiş, arkasında mor fırça darbeleri bırakmıştı.

İnsanın kendisini tastamam hissettiği herhalde böyle birkaç an vardı hayatta. Öyle hep başı kesik tavuk gibi dolaşmıyordun bir ömür dağ bayır. Bir an geliyor artık burada biraz dinlenebilirim diyordun. Büyük duyguların deli bir nehir gibi kayalardan aşağı akıp akıp sonunda denize döküldüğü bir yer vardı. Akış hızının azaldığı bir yer. Yeryüzü eğimini yitirdikçe nehrin suya doğru çatallanarak başka kollara ayrıldığı, taşıdığı ne varsa her şeyin dibe çöktüğü, bu çöküntünün su bitkileriyle sıkıca bir arada tutulup verimli bir toprağa dönüştüğü bir an. Bir delta ovasına dönüştüğün yaşlar. Dalga ve gelgitlerin olmadığı yerler. Burası dünyanın nispi ağırlığının azaldığı, daha kolay döndüğü bir yerdi. Hayatı nihayet doğru okuduğun bir zaman. Ben herhalde şu anda oradaydım.

Uzaktan Mavi'nin şakrak sesini duydum. Şarkı söylüyordu. Kurbağa, kurbağa, kurbağacık. Yalnız değilsin. Seni eve götürüceeem. Ulaş ve Ali'nin ona gülen kahkahalarını işittim sonra. Kafamı uzatıp görmeye çalıştım onları. Sazların orada yan yana üç siluet. Birbirlerine bir şeyler anlatıp gülüşüyorlar. Bu insanlar bana verilmemişti, ben onlara doğmamıştım. Onları yeryüzünde arayıp bulmam gerekmişti. Onlara doğru yürümem ve yanlarına varıp çemberlerine katılmam gerekmişti. Kabilemi bulmuştum. Öyle hissediyordum. Aile sanıldığı kadar tesadüfi bir şey değildi, kuradan çıkmıyordu, onu bulman veyahut oturup kendi ellerinle yapman gerekiyordu.

Sırtüstü uzanıp gözlerimi kapadım.

Dünyanın nispi ağırlığının azaldığı, daha kolay döndüğü yerdeyim. Burası benim krallığım. Burada biraz dinlenebilirim.

Ne zaman sonra gözümü açtığımda yalnız değildim. Ali, Ulaş'la Mavi'yi suyun kenarında bırakıp yanıma gelmiş, karşıma oturup bağdaş kurmuş, beni seyrediyordu.

Güneşin bulutlarda asılı kalmış son renklerini arkasına almış, bu görkemli ışık demeti onu bir pelerin gibi kuşatarak siluetine göksel bir ifade katmıştı. Elini uzattı, elinden destek alıp doğruldum. Karşısına bağdaş kurup oturdum.

Uzun uzun baktı yüzüme. "Artık sen de beni görüyorsun" dedi sonra.

"Bu bir soru mu?"

"Öyle olmalı."

Yerden bir çimen yaprağı koparıp ona doğru attım. Biraz havalanıp dizine kondu.

"Ya bu, bir cevap mı peki?" dedi.

Güldüm. Başımı salladım.

"Güzel" dedi.

Bir an durup düşündü, aklından geçirdiği şeyden emin oldu, elimden tutup beni kendine doğru çekti, öptü.

Gün boyu gölgesine sığındığımız meşe ağacının yukarı dallarından birine tünemiş bir akgerdanlı ötleğenin ötüşünü duydum o zaman. "Boşuna değildi hiçbir şey" diye seslendi yukarıdan.

Cevap vermedim.

"Bana gücenik misin?" diye sordu bu defa.

"Değilim. Artık değilim."

"Mutluydum. Gerçekten. Her şeye rağmen. Bana rağmen. Seninle o evde mutluydum."

"Hadi, git artık."

"Hoşça kal."

Vedasını uzağa doğru çırptığı kanatlarının sesi takip etti.

Gözlerimi açıp yukarı baktım, kalktığı dal hâlâ hafifçe sallanıyordu.

Küçük vedasını aldım, cebime, artık keskin kenarlarını yitirmiş, ovalana ovalana parlamış, pürüzsüz, serin, saydam cam kırığının yanına koydum. Eski sular aktı, gitti. Bir ilkyaz günü çıplak ayaklarla balkonu yıkamışım gibi bir şey oldu. Büyüdüm, büyüdüm, büyüdüm, yerin altından üstüne çıktım.

TEŞEKKÜR

Bir zamanlar vakfın bahçesindeki çiçeklerin gidişatını belgelemek amacıyla tuttuğu "Çiçeklenmeler" defterinin ismini bana hediye eden Salih'e,

Neredeyse her gün her konuda dakikalarca içimi döktüğüm sesli mesajlarımı fenalaşmadan dinleyen, bana bu kitabın yazıldığı aylarda duyulduğumu ve anlaşıldığımı hissettiren, dünyanın başka bir yerinde bir kız kardeşim olduğunu hatırlatan Burcu'ya,

Varlığını hep şuracığımda hissettiğim, çoğu gün yerinden oynatamadığımız bu ağır kayayı ucundan tutan, süper baba kardeşim Mert'e,

Kara kışa inat bahçemi çiçeklerle dolduran boncuk kızım Nil'e,

Kendime doğru yürüdüğüm tuhaf yolu
onunla yan yana yürümesem nasıl olurdu
hayal dahi edemediğim yol arkadaşım Emre'ye,

Ve –bütün yanlış yol tabelalarına inat– kendisini hiç bıkmadan, usanmadan arayan ve arayan ve arayan bütün canım kadınlara

teşekkür ederim...